南城有雨
RAINING IN MY CITY

明开夜合 著

中国友谊出版公司

Contents
目录

01 第一章 最深的夜
〔像那些最深的夜里走过的路,总也到不了尽头。〕

13 第二章 故事与沉默
〔似是天涯浪客萍水相逢,各有故事,各自沉默。〕

28 第三章 虚幻盛夏
[她在看他,那目光说不出有什么别的意义,就是在看他。]

39 第四章 清水街
[像已让病虫蛀空的树,在等待决定生死的一把大火。]

58 第五章 命与劫
[命与劫,降临的时候便不会管你是不是已然兵荒马乱。]

70 第六章 为风折腰
[为风折腰,不听人命。]

86 第七章 私奔
[能让他生出扑火之勇的时刻,一生只有这一次。]

96 第八章 雪之下
[这样雪光如昼、星辰低垂的夜晚,值得她死去一万次。]

109 第九章 风和自由
[她要这黑遁的大地,要狂野的风,还要自由。]

128 番外一 死同穴

130 番外二 莫比乌斯梦境

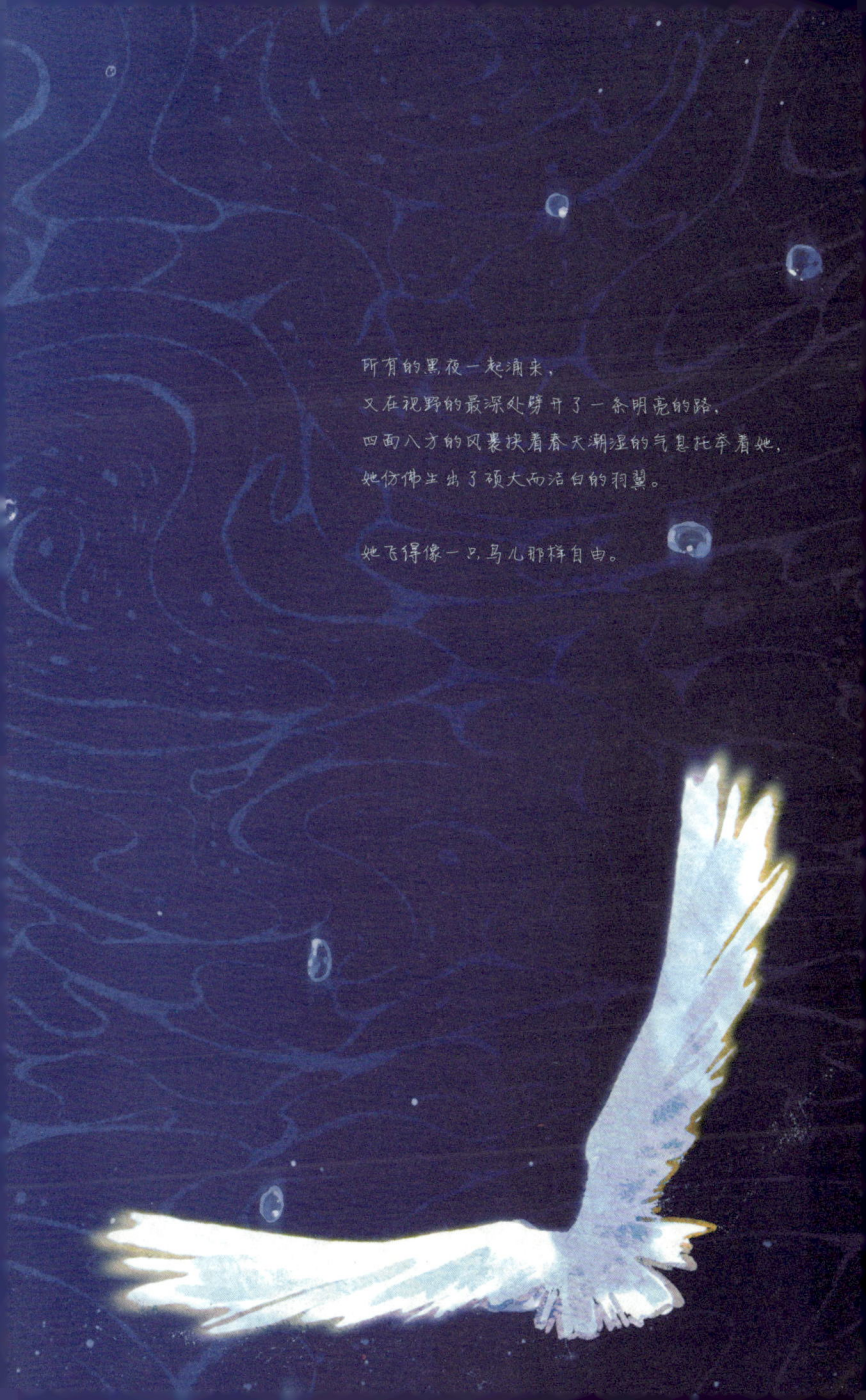

所有的黑夜一起涌来，
又在视野的最深处劈开了一条明亮的路，
四面八方的风裹挟着春天潮湿的气息托举着她，
她仿佛生出了硕大而洁白的羽翼。

她飞得像一只鸟儿那样自由。

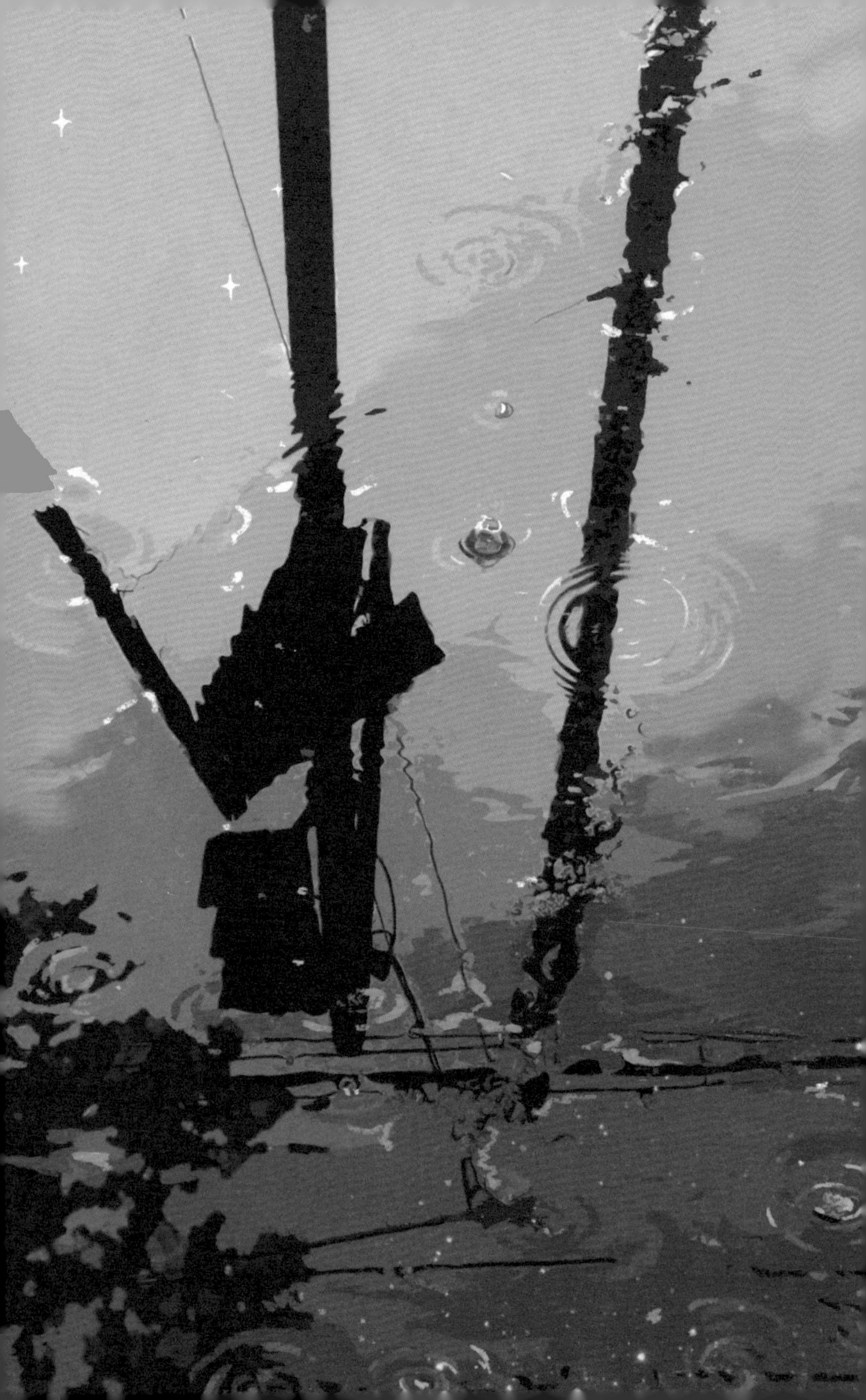

第一章
最深的夜

像那些最深的夜里走过的路,
总也到不了尽头。

铅灰色的夜的尽头，攒着一闪一闪的黄色小灯，老宅子立在那儿，黑黢黢的，活像下一秒就要从铁嘴里吐出一口尖利的獠牙。

叶嘉树站在门前，背着风，裹紧身上的黑色夹克，冻僵的手指划了再划，终是把烟点燃。

今天是大年初十，叶嘉树刚准备睡下，就接到雇主唐謇谦的电话，让他到芙蓉路接一个人。

司机的工作是叶嘉树的一位朋友老刘介绍的。老刘要回老家结婚，辞职之前向唐謇谦举荐了叶嘉树，说他虽然年轻，但车开得稳，而且嘴严，不该说的一句都不会往外捅。这工作清闲，且唐謇谦开的工资很高，叶嘉树缺钱，没有犹豫就接手了老刘的这个肥缺。此前他试开过两次，唐謇谦很满意，正式把他定了下来。

待一支烟抽完，叶嘉树推开门，一股香气混杂热风扑面而来，二楼传来麻将牌碰撞的声音，女人抬高了音调，夸张娇俏的笑语一迭声传出。

这宅子的装修十分复古，脚底下的编织地毯花纹繁复，厚重的绿色丝绒窗帘将窗外灯光遮得密不透风。灯影憧憧，极其昏暗，衬得灯下那暗红的扶手沙发显出一种让人不舒服的色调。红木扶手楼梯向二楼延伸，楼梯入口处摆了一台木桌，上面放着一盆花，看不出品类，但约莫是晚香玉。

这宅邸的装潢，让人疑心到了民国的年代戏里。

叶嘉树正在踌躇，一个阿姨打扮的中年女人自一侧房间里走了出来，瞧他一眼："做什么的？"

"唐先生叫我过来接宋小姐。"

中年女人斜着眼，上上下下打量："以前没见过你啊。"

"我刚来。"

中年女人指了指客厅里暗红的扶手沙发："等着吧，我上去叫小姐。"

人踩在地毯上发不出一丁点儿声音，叶嘉树到扶手沙发上坐下。沙发旁摆了一张小桌，上面支着一盏小灯，带着墨绿色灯罩，民国电影里办公室常摆的那种。叶嘉树浑身不舒坦，觉得自己一身混街头的打扮，与这宅邸的风格格格不入。

没一会儿，上面几道女声由远而近传来。

叶嘉树抬头往上看，楼梯顶端，这宅子的主人宋菀正被三人簇拥着下楼。她穿着一件红色丝绒的袍子，也是民国电影里常见的那种样式，领口遮得严严实实，袖管里露出一截凝脂般的手臂。

宋菀的手臂攀着朱木雕花的扶手，歪斜着身体，与另一个打扮入时的女人说话。那女人瞅着眼熟；似乎是今年刚得了影后的当红影星傅小莹。

宋菀笑着说："今儿没尽兴，有空再约。输的这些钱，当我请你们喝茶。"

傅小莹说："可没见过你这样的怪人，赢了不高兴，输了才舒坦。"她仰起头，在宋菀脸上碰了碰，"不过我得准备进组拍戏了，下回再陪你。"

宋菀似笑非笑："别再大晚上出去吃烧烤了，也不嫌油腻。"

傅小莹脸色未变，道一句"我走了"，高跟鞋踩着木楼梯，噔噔地越过几人，率先下了楼。

与宋菀打麻将的，除了傅小莹，还有两个女明星，其中一个是大眼睛、锥子脸，典型的网红长相。"网红"下了两步，又背过身去，仰头望向宋菀，笑得极尽谄媚："听说唐总开年要投资两部电影，宋菀姐会不会参演？"

宋菀瞅着她："参演什么？我演技比你还差。"

"网红"顿时有些尴尬，勉强把那笑挂在脸上，嗔道："宋菀姐不要埋汰我。"

宋菀斜眼审视："你怎么不自己去问唐总呢？"

"网红"脸色一变："……唐总是大忙人，我这种不出名的演员，哪里联系得上他？"

宋菀笑而不语，把身上的袍子紧紧一裹，打了个哈欠，声音带着一股急懒："你们自己回去吧，不送了。"

袍子很长，直到脚踝，她的脚迈得不紧不慢，摇曳生风。那手就缓搭在扶手上，酒红色指甲油，十指羊脂玉一样白得晃眼。

下了楼，宋菀没往客厅里来，转了个身，径直向旁边的一道门走去了。

那两位女演员走了有一阵，宋菀才从那道门里走出来，卸了妆，长袍子换成了白色毛衣和牛仔裤，海藻似的一头黑色长发随意披着。

叶嘉树站起身："宋小姐。"

宋菀没应，到对面沙发上坐下。茶几上有只黑漆描金的木匣子，她打开来，从里面摸出烟和火柴。是女士烟，细细长长的梗。她咬住滤嘴，侧头去点，头发垂下来，笼着半面脸。

一小朵火焰跳了跳，晃一晃火柴，烧黑的梗上一缕烟缓缓散去，她缓慢地抽了一口，抬头看向叶嘉树："唐骞谦什么时候回来的？"

"今天上午。"

"他没给我打电话。"

"唐总让我直接来接你。"

宋菀意味不明地笑了一声，又说："……之前没见过你。"

"我刚来，唐总让我顶老刘的班，以后专给宋小姐开车。"

宋菀掀了一下眼皮，似有话想说，最后却懒得开口，又把烟抽了几口，站起身说："走吧。"

出了宅子大门，料峭的寒风直往骨头缝里钻。

叶嘉树替宋菀打开了后座车门，待她上去之后，自己绕到驾驶座。

叶嘉树听老刘讲过规矩，这位宋小姐坐车时从不听音乐，也绝不与司机聊天。因此，自上车以后，他便一言不发。

风刮进来，冷风吹着眼睛。

宋菀的手搭在车窗上，烟捏在手里，一口也没抽。直到她被烫得手一抖，松了手，才发现一支烟已经燃尽。那烟头很快被风卷入后方，消失得无影无踪。

宋菀很喜欢晚上出门，路开阔而笔直，两侧路灯照得夜晚如同黄昏，总想象沿着这路开下去就能时光流转，回到十六岁，还住在清水街的那些年岁。

这段时间，她失眠的老毛病一天比一天严重，每日直到凌晨三四点才能睡着。夜里无事可做，她就开着车在南城的老街里跑，像一个孤魂野鬼，总找不见地狱的门开在何处。

宋菀心里清楚，唐蹇谦之所以赶在这时候着急见她，是因为旧历新年没同她一起过而略感愧疚。在那之前，他们已经有整整三个月的时间一句话也没说了。

宋菀以为这种愧疚毫无必要，明显唐蹇谦是来向她求和的。

唐蹇谦住那种带游泳池、灯火通明的现代别墅。他不喜欢她在芙蓉路上的那栋民国装修的大宅子，总说阴沉沉的，像鬼屋一样。

但孤魂野鬼可不就得住在鬼屋里吗？

车开入停车坪，宋菀下了车，停顿一瞬，想对这位新来的年轻司机说声谢谢，但没想起他叫什么名字，便就作罢，砰的一下摔上门。

一进门,家里阿姨端上一碗热气腾腾的酒酿,唤她"宋小姐"。唐骞谦洗过澡了,换上了一身灰色的居家服,正坐在沙发上,翻着一册书。

他是这样长相的人:二十岁的时候,看着像三十岁;到了现在四十八岁,看着仍像三十岁。沉稳,风雨不动,城府写在脸上,可没人知道他与人交际的时候,到底用了几分城府。

阿姨很有眼力见儿,把酒酿搁在茶几上便走了。

宋菀走过去,在唐骞谦身旁坐下,身体前倾,捏着碗里的调羹,舀了一勺热腾腾的酒酿送进嘴里。

唐骞谦的手臂探过来,碰一碰她的手:"怎么出门不戴着围巾?"

"一直在车上,没多冷。"

"你的手是冷的。"他合上书,侧过头去看她,发现她卸了妆,露出干净清晰的眉眼,他很是高兴。她才二十六岁,但与他在一起,总以浓妆示人,像是挂了一副面具,哭与笑都不能使这面具崩裂分毫。

"我明天不去公司,你想不想出去?我听说你常去的店都上新了,我陪你去逛逛。"

唐骞谦是个忙碌不休的人,说要陪她逛街,明显是放下了身段向她示弱。

宋菀十指捧住瓷碗,似要从那上面汲取一些温暖。

她说"好",没有任何异议。

宋菀从浴室出来的时候,卧室大灯已经灭了,唐骞谦戴上了眼镜,借着台灯的光继续看书。

他抬起头来,问她明天几时起,拿手机随手定了一个闹钟。

等到台灯也灭掉,黑暗之中,宋菀觉得自己好像成了一条鳞片被刮干净的鱼。唐骞谦的手臂伸过来,把她的手臂绕过自己的肩，让两人肌肤紧贴。

他的声音沉沉又平稳，好像三个月前那歇斯底里的人不是自己。他压着她，呼吸很重，汗津津的手掌按着她的额头，话似警告也是恳求："阿菀，那事儿过去就过去了，你听话，别再惹我生气。"

宋菀说"好"。

她还是觉得冷，又很疼，像那些最深的夜里走过的路，总也到不了尽头。

叶嘉树回到家里，已是凌晨两点。他脱了夹克，背靠在旧沙发上点了一支烟，脚一蹬，踢掉了脚上的鞋子。他把腿搁在茶几上，头往后靠，人很乏力，疲累从骨头缝里渗出来。

白天老刘搬家，他帮忙收拾东西，顺道接收了一些老刘带不走的大件儿——现在它们全堆在客厅里，占得他无处下脚，但他提不起一点兴致去收拾。

抽完了烟，他往浴室走去，准备洗个澡。取下花洒的时候，他才想起来热水器坏了，还没喊人来修。他脱了衣服，拿冷水冲凉。寒冬腊月，管道里出来的水冰得刺骨，冻得他直打冷战。

人却清醒了，再躺到床上，三点才睡着。

早上七点，叶嘉树起床，在楼下早点铺子里买了两根油条、一杯豆浆，站在车外吃完了，提前把车开到唐骞谦的住处候命。

上午九点，唐骞谦和宋菀从别墅里走了出来。唐骞谦左腿不便，走路挂拐，步子很慢。宋菀换了身衣服，灰色长裙，白色羊绒大衣，戴了一副墨镜。她化了浓妆，深红色口红和指上的蔻丹一样醒目。

上了车，唐骞谦说去南城天河。叶嘉树一声不吭，平缓地把车驶出去。

唐骞谦打了几个电话，安排完公司的一些公务，把手机搁到一旁，转头去看宋菀。她还戴着墨镜，直挺挺地坐着，一动也不动。

唐寒谦伸手，把那墨镜摘了下来，看着她脸上毫无破绽的妆容，蹙了蹙眉："……我瞧你瘦了，有空让王妈给你补一补。"王妈是一直在唐寒谦手下干活的保姆。

宋菀笑了笑："你肯把王妈借给我用？"

"不过一个保姆，你想要就借过去。"

宋菀掉转了目光，轻声说："……你留着吧，我开玩笑的。"

唐寒谦表情平淡："回去你跟王妈说一声，让她择日搬去你那儿。"

宋菀没应，看向车外。

到了南城天河，宋菀和唐寒谦下了车，一道进了商城。他们这一逛，少说也得两个小时。

但叶嘉树没敢走远，回到车里补觉。

不知道睡了多久，手机响了，唐寒谦打来电话，让他把车开到南门。

在南门，叶嘉树接上人。

唐寒谦让他先把车开到附近的一家酒店。到那儿，他下了车，让叶嘉树送宋菀回芙蓉路。

宋菀坐在一堆购物袋里，意兴阑珊。等唐寒谦走了，她摸了摸口袋，才想起自己没带烟——唐寒谦不喜欢她抽烟，在他跟前她必须克制。

宋菀把目光投向驾驶座，想了半天，还是没想起来这人叫什么名儿："喂。"

叶嘉树把车放慢了速度："宋小姐有什么吩咐？"

"我忘了，你叫什么名字？"

"叶嘉树。"

"后皇嘉树，橘徕服兮？"

"……嗯。"

宋菀觉得奇怪，这名字挺好听的，按理说她不至于没印象，想了想，才发现是因为见面起这人就没自报过家门。

"喂，有烟吗？"

叶嘉树顿了顿，从口袋里摸出一包烟。

"打火机。"

叶嘉树又摸出打火机。

烟冲，有点儿辣喉咙，宋菀伸手把烟和打火机一并还回去。叶嘉树腾出手去接，另一只手握着方向盘，车子依然保持绝对的平稳。

宋菀开了车窗，风吹进来，抖落一段烟灰。她食指弹了弹，把烟送进嘴里，吸了一口，很满意地吐出一个烟圈，看着它被风飞快扯散。

周末，宋菀招待傅小莹来宅子里喝茶。

傅小莹刚得了影后，入行十二年铆着一口气，如今总算能稍得放松，不用再费力把自己往丑里捯饬，开始向卖座的商业片路线转型。

傅小莹其实心底里不那么瞧得上宋菀，觉得这种笼里的金丝雀成日游手好闲、不劳而获。可宋菀背后有唐寨谦，她再瞧不上，也只能把自己嫉妒和鄙夷兼而有之的情绪深藏于心。

傅小莹听说了唐寨谦陪着宋菀去扫货的事，但见了面发现宋菀并未换新衣，还是穿着一件水粉色的真丝袍子——在这芙蓉路的宅子里，宋菀很少穿别的，好像真把自己当成了一个生活在民国的姨太太。

会客厅里，地毯上堆了无数购物袋，显然是逛街回来就扔那儿了，一个也没拆。

傅小莹笑着说："这就过分了，你要是不穿，何必把限量的都买回来？我看目录好几件都喜欢，一问都已经没货了。"

宋菀还是那副懒洋洋的姿态："你可以去挑两件。"

"我哪儿敢，这是唐总送你的。"

"他送的东西多，自己都不见得记得送了哪些。"

傅小莹还真有些心动，瞅了半晌，搁下红茶杯："我就试试，如果好看，我让人去欧洲调货。"

她从购物袋里翻出件一早就看上眼的裙子，也不避讳，就在会客厅里换上，转过身去合拉链，问宋菀："好看吗？"

"大影后穿什么都好看。"

"你走点心。"

宋菀笑了笑，定睛凝视："墨绿色很衬你。"

傅小莹转个圈，看着裙子下摆转起来，很是喜欢，当下就有些不想脱了，又问："真好看？"

"我也没骗过你吧。"

傅小莹笑了。这裙子板型合衬，她丰腴洁白，很显气色。说是女为悦己者容，总有些道理。

傅小莹对这裙子爱不释手，心里有些活泛，靠着会客厅里的壁柜，看向坐在对面的宋菀："宋老板，今天来两局吗？"

宋菀缓缓抬眼。

傅小莹笑着说："我喊人，你只要负责输钱就行。"

宋菀表情很淡："都开始用我打掩护了。"

"不是因为你这儿安全嘛。"傅小莹踮脚踩着地毯，去够自己搁在椅子上的手包，摸出手机来，发了条消息。

她想到什么，忽然说："前天我在南城天河那儿碰见你弟了，带着两个小嫩模，在酒吧教训一个保安——你该管管他，怕是迟早给你捅娄子。"

"我管得住他什么?！"宋菀垂眼,似在沉思,"……你把他也喊过来吧。"

"你是他姐姐,你让我喊?"虽是这么说,但傅小莹还是翻出宋芥的号码,拨了一个电话。

半小时后,宋菀的弟弟宋芥和傅小莹约来的人前后脚到达。

傅小莹的新相好是个刚出道没多久的新人,上回她领人出去吃烧烤,被人拍了亲密喂食的照片,花了好大代价才"公关"下去。经纪公司让她低调些,她不敢再堂而皇之。

四人打了几局麻将,傍晚时分,傅小莹领着那小生走了。

宋菀不留宋芥吃晚饭,她有些乏,想上楼去睡觉。

"姐,"宋芥喊住她,"听说唐叔叔上周带你买衣服去了,你俩和好了?"

宋菀的手搭着扶手,站在楼梯上往下看,蹙眉道:"管好你自己,别在外面惹事。"

宋芥笑着说:"出了事不还有唐叔叔吗?他总不至于不管……"

宋菀不耐烦道:"你快滚吧。"

宋菀卧室的房间朝南,同样一水儿的丝绒窗帘,大白天拉上也不见天日。此时窗帘是拉开的,夕阳殷红的光淌进来,照在地板上,又折向那摆着玫瑰花的五斗橱。

她坐在床上怔怔地看,直到那光一寸一寸后退,一寸一寸离她越来越远。

老刘马上就要离开南城了,临走前,叶嘉树给他饯行。

约在南城老街的一家大排档里,以前叶嘉树就跟他常来。他们点了一大锅热气腾腾的羊蝎子,一瓶高度数的五粮液,没怎么克制,敞开了喝。

喝到酣处,老刘开始满口跑胡话:"兄弟,我回去以后,估计没事儿就不会往南城来了,临走前呢,给你几句忠告。你现在给唐总和他小情人儿开车，凡事独善其身，别往里掺和……不是我危言耸听，这两人都有点不正常。"

"怎么这么说？"

老刘四下看了看，凑到叶嘉树跟前，低声说："……你知道唐謇谦的小情人儿几岁时跟的他吗？十八……刚成年啊，真下得去手……"

"你听谁说的？"

"我给她开了三年车，什么不知道？还有，听说唐謇谦这人……干那事儿，花活儿特多，有点变态……"

叶嘉树笑一笑，不置可否："……这也能知道，趴人家床底下偷听的？"

"爱信不信——我当你是兄弟才跟你交底，你好好开车，装聋作哑，啥也别管，只管拿钱。"

"知道知道。嘴这么碎，不知道嫂子怎么受得了你。"叶嘉树举杯，跟老刘干了一个。

快打烊时，两人散了，都喝得有点儿多，走路时左脚绊着右脚。

老刘拍着叶嘉树的肩膀，大着舌头道："嘉树啊，我虚长你六岁，也算是你哥，听我句话，过去的事就让它过去，人活一辈子，不就得靠'狼心狗肺'？凡事都当成自己的包袱，背得多累……"

叶嘉树敷衍着应了一声，把他塞进出租车里，祝他明天一路顺风。

出租车驶远了，叶嘉树在墙根下点了支烟，南城料峭的春风里，他迈着虚浮的步子走进夜色。

第二章 故事与沉默

似是天涯浪客萍水相逢，
各有故事，各自沉默。

天转暖和的时候，宋菀被唐骞谦领到城郊过周末。那是唐骞谦投资的地产，依山傍水，有钱也不一定能买得着。

下了车，宋菀隔着白色的木栅栏往里望，英式庭院的格局小而紧凑，满院子轻红浅黄的蔷薇花都开了，晚照之中香味浓而不郁。不同于那种在大宅子里捂久了的鲜切玫瑰的味道，这里的蔷薇更清新些，有种春天的气息。

晚饭就在露天庭院，蔷薇丛中。宋菀吃东西一贯不大行，只吃了几个翡翠小卷和小半碗的阳春面就下桌了。

庭院角落里有一处小小的喷泉，设计独特，往外喷射的水帘合拢，形成一个完整的球状。她把披肩掖紧，伸出手去，那圆球面瞬间缺了一块。

唐骞谦遥望片刻，拿起拐杖，缓缓走了过去。他把拐杖立在石板上，双手相叠搭在拐杖持握的部分，低头看她，沉声问："这儿怎么样？"

宋菀转过身来："嗯？"

"你喜欢清净、幽僻的地方。"

"可是没有你喜欢的游泳池。"

"想游泳哪儿不能去？"

在唐骞谦跟前生活了八年，他的每一句话她都能听出弦外之音。唐骞谦特意带她来此处并不是心血来潮，他是选了个折中的方案，希望今后两个人能长期——或者说相对长期地住在一起。

宋菀不说好与不好，背过身去，弯腰去捞喷泉底座里洁白、圆润的鹅卵石："……我脾气不好，在跟前会惹你生气。"

唐蹇谦定睛看她："你既然知道，又何必故意如此？"

到了晚上，宋菀洗过澡，趴在床上跟傅小莹手机聊天。没一会儿，唐蹇谦也自浴室出来。床沿下陷，唐蹇谦伸手把她手机拿过去按了锁屏，顺手将台灯拧暗。

暗淡的光线，轮廓看不真切，但触感都是真实的。

她瑟缩着，始终无法完全舒展，只能控制自己不要颤抖，别着脸，用眼睛一遍一遍描摹黑暗中的书架、橱柜……一切能让她分心的物体。

唐蹇谦把手指抽出来，将她的腰一拧，直接覆压而下。

……他没采取措施。

宋菀骤然一惊，急忙伸出手臂推他的胸膛："你……"

唐蹇谦低头吻她："阿菀……这回，你别任性了。"

宋菀双目圆睁，一种巨石般的重压沉在心里，让她有些喘不上气，她一手去推唐蹇谦，身体往后缩。

"不。"

唐蹇谦拧眉，手掌紧箍着她的手臂："我亏待过你吗？你想要什么都能跟我提。"

"我什么也不要，现在这样就很好……"

"听话。"唐蹇谦把她往自己跟前带，五指用了十分的力道，强硬得不容拒绝，"今天我心情好，你别惹我生气。"

宋菀终是克制不住地浑身觳觫。她小时候是个顶怕疼的人，感冒打针都要哭上半天，后来总有更疼的境遇，但她不再哭了。若哭能解决问题，大抵她也愿意哭倒一座长城。

她继续挣扎，唐蹇谦的五指攥在她的腕上，几乎能听见里面骨头错位的声响，疼得她眼发晕。然而她仍然不肯示弱，好似从屠夫手里溜走的鱼，陷在干土里也想求个全尸。

唐骞谦被败了兴，骂了一句，松手，一脚踹上去。宋菀滚落到地上，带落了床上的薄被。

唐骞谦抄起浴袍裹上，踩过薄被，微跛着往门口走去。

走廊上的灯亮起，强光切进门里，但照不亮这一隅。楼梯间急促紊乱的脚步声越来越远，不久彻底消失。没一会儿，外面响起了汽车发动的声音。白色窗帘后面，夜色里的车灯光微微一闪，紧接着一切陷入彻底的寂静。

宋菀缓缓站起来，一件一件地穿上衣服。唐骞谦那一脚就踹在心口，疼得她脸上直冒冷汗，缓上许久，才觉得稍有减轻。

楼下灯都开了，家里保姆迎上来，急忙道："宋小姐……"

宋菀双手抱着手臂，摇一摇头，被头顶灯光照着，她还沾着薄汗的脸上显出一种枯槁死寂的惨白："……没事，帮我叫车。"

叶嘉树把车开过来的时候，宋菀就坐在楼前的台阶上，一只手臂环抱着脑袋，搁在膝盖上。叶嘉树踌躇着喊了一声"宋小姐"，看她把头发一捋，应了声，站起身来，脚晃了一下才站稳。

她整个人有点恓恓惶惶的，上车关门都没注意，衣服下摆在门缝里卡住，又把门打开，扯出来，再重重关上。

叶嘉树从后视镜里看她一眼："……去芙蓉路？"

宋菀搭着车门的手在颤抖，她不觉得疼得多厉害，但仍有一种剜心掏肺的感觉，五脏六腑像被人团在一起、挤在一起，喘不上来气。她摇了摇头，苍白的脸上又渗出一层汗："……不去。"

"宋小姐想去哪儿？"

"不知道……"宋菀闭上眼，"随便去个地方把我放下吧。"

叶嘉树觉得为难，但雇主就是上帝，也没多废话，发动车子往市里开。

后座传来宋菀沙哑的声音："……烟，借我一支。"

叶嘉树把还没拆封的烟和打火机递过去，听她窸窸窣窣地撕开了那塑料封装，而后是嗒的一声轻响。车厢里亮了一下，又暗下去。她抽了一下鼻子,而后猛地吸了一口烟。

片刻,烟和打火机从后面递了过来,叶嘉树说:"你留着吧。"宋菀没说好与不好,但把手收了回去。

车厢里的烟飘了一阵,宋菀忽然抬手把窗户打开,又哑着声吩咐:"……打开广播。"

叶嘉树依言照做,等车载广播响起来,他准备问她想听点儿什么,却听见黑暗里传来一声闷重的饮泣。

叶嘉树一顿,什么也没问,抬手将音量键往"+"号的方向旋了旋。广播里两个人在讲相声,把所有声音都盖了过去。

三十分钟,车开进了城。叶嘉树往后视镜里扫了一眼,宋菀没抽烟也没出声,手臂搭在车窗上,风卷进来,头发拂在脸上,她望着夜色,一动也没动。

本想再问问她想去哪儿,但话没说出口。

叶嘉树索性也就不再拘泥于方向,哪条道顺眼就往哪条道上开。往市中心去的路四通八达,好些小路一到晚上车就消失了。

道旁不远处是正在施工的工地,升起了巨大的龙门吊,夜里机械隆隆,探照灯照得夜如白昼。车越过了工地,穿过了高架,灯火越来越亮,越来越密集。

宋菀忽然说:"停车。"

叶嘉树条件反射般踩下刹车,停车一看,路旁一家热气腾腾的铺子,红底白字的灯箱上写着"元宵糖水、水饺馄饨"等字样。

宋菀摸了摸自己身上,除了手机和叶嘉树给她的一包烟、一只打火机,什么都没带:"……你带钱了吗?"

"带了。"

那铺子面积不大,里面支了四张桌子。两个年轻小情侣坐在最里面那张,脑袋紧紧挨在一起。

宋菀坐下,往贴在墙上的菜单看了眼,发现叶嘉树正在低头发短信，登时蹙了蹙眉，扫过去一眼："坐啊。"

叶嘉树收起手机，在她斜对面坐下。

宋菀要了一碗豆沙元宵，问叶嘉树要不要。

叶嘉树摇头。

宋菀瞅着他："这么拘谨做什么？即便你给唐寒谦通风报信，我也不会拿你怎么样。"

"我不是……"

"不是？"宋菀讽道，"他没让你每天随时向他汇报我的行程？"

叶嘉树没辩驳，只是把手机掏出来，往宋菀跟前一推。

宋菀看了一眼，明白自己是真冤枉他了，顿了顿，连带着语气也松缓了些，问他："老刘推荐你给唐寒谦打工的？"

"嗯。"

"你多大？"宋菀手里把玩着他给她的那包烟。

"二十二。"

"没读书吗？"

"没。"

"不挺年轻吗，怎么不读了？"

叶嘉树语气很淡："成绩不行，高中就没读了。"

宋菀扫他一眼，穿黑T恤的年轻人轮廓俊朗，虽然发型和衣服都不大讲究，但拾掇拾掇很能拿得出手。他的气质比实际年龄看着成熟，是现在很流行的那种所谓"有故事"的气质。宋芥跟他差不多大，但宋芥就油嘴滑舌、不着四六。

没一会儿，老板把元宵端上来，宋菀放了香烟盒，拈起陶瓷的调羹，舀一勺送进嘴里。皮咬开，里面的豆沙流出来，混了花生碎，一股又闷又重的甜。

叶嘉树瞅着宋菀，觉得她这人挺奇怪的。按理说她这样的，什么山珍海味没尝过，八块钱一碗的元宵倒吃得津津有味。

叶嘉树陪着坐了会儿，看她快吃完了，起身去把账付了，打了声招呼,到门口去等。他准备点烟,摸了摸口袋,才想起烟跟打火机都给宋菀了。

片刻,宋菀从铺子里走出来,抽了一支烟点燃。她觉察到叶嘉树的目光,问:"要?"把烟抖出半支,朝他递过去。

叶嘉树抽出来,道了声"谢谢"。

两人隔了一段距离,一人站在门口,一人站在台阶下,一灯昏黄,浮华遥远。

似是天涯浪客萍水相逢,各有故事,各自沉默。

等再回到车上,宋菀的心情似乎好多了,没再为难他,让他开到芙蓉路,而后捏住手机,有一搭没一搭地给人发消息。

车开进市里,这时候叶嘉树的手机响了。他看了一眼,没有接,直接挂断了。那手机又响,后面的宋菀说:"接吧,又不扣你工资。"

电话接通,是楼里收废品的大爷打来的,问他在不在家,好把他那些不要了的家具拖下去。大爷找了好几回,每回他都不在,让人空跑,叶嘉树多少觉得过意不去。

"一个小时之后您再过来行吗?我现在不在家……"叶嘉树道了几声歉,挂断电话。

宋菀从手机屏幕上抬起目光,扫他一眼:"你住哪儿?"

"清水街。"

宋菀一顿:"你住在清水街?"

叶嘉树斟酌着她这话里是不是藏着什么深意,是觉得他不该住清水街,还是她跟这地儿有什么道不明的纠葛。

沉默之间,宋菀又说:"清水街离这儿就两公里吧,你先把事办了再送我。"

"可能得耽误一会儿。"

宋菀看他一眼:"我说耽误了?"

叶嘉树无话可说了，摸出手机给大爷回了个话，让他稍等，五分钟就到。

清水街这地儿，是个时移世易的最好凭证，过往是南城最好的一块地，随着城市规划的变迁，一夕之间没落。如今住这儿的，要么如叶嘉树居无定所，要么是成日长吁短叹的酸腐诗人，要么是进城打工"有情饮水饱"的小夫妻……

一条老街，沿路让自行车挤得满满当当，叶嘉树开的这台保时捷进不去，在街口就得下车。叶嘉树让宋菀在车上等，自己把车钥匙留在车上，下了车，朝住处飞奔。

大爷就等在楼底下，坐在一担纸板上抽烟。叶嘉树打声招呼，大爷搂起扁担跟着上了楼。

两人协力，来回三趟，将屋里那些旧家具都清完了。

大爷从上衣口袋里摸出一卷零票，往食指上沾了点儿唾沫数点："……你这些东西太破了，我收回去也卖不了几个钱，一共给你五十，你看行吧？"

"东西搁我这儿费事，您能来收是帮了我大忙，钱我就不要了。"

"哎，那不是占你便宜？"

"没事儿，您收着吧。"

大爷喜形于色："那行，以后去我老婆子摊上吃蛋饼，不收你钱。"

叶嘉树笑着说："成。"

叶嘉树帮大爷把家具抬上三轮车，在后面推了一把，三轮车前轮拐个弯，往巷子深处驶去。

叶嘉树拍一拍身上的灰，转过身去，登时停住脚步——宋菀不知道什么时候下了车，走进了巷子里。

"宋小姐回车上吧，这地方乱。"

宋菀的视线从他肩头越过去，笑了笑说："你这人还挺'五讲四美'。"

叶嘉树当然能听出这话是在揶揄，没应。

宋菀目光一顿，定在街深处一幢三层的老建筑上。她扬了扬下巴，示意叶嘉树看过去："……那儿现在谁住？"

"住了很多户，我没打过交道，不大认识……"叶嘉树看她一眼，"宋小姐有认识的人住这儿？"

宋菀摇摇头，目光隔了层夜色，有种让人疑心是错觉的温柔。许久，她收回目光，两手插进薄外套的口袋里，转过身去："走吧。"

叶嘉树不紧不慢地跟在她身后。

为宋菀开车有一段时间了，叶嘉树知道平常她生活里就那些事儿，掰着指头就能数过来：做头发、保养皮肤、看衣服上新、跟朋友喝茶、待屋里打牌，或是去陪唐骞谦。不管去哪儿，她都一副慵懒颓靡、拿腔拿调的模样，跟民国戏里那些千娇百媚的姨太太没什么两样。

可此时此刻，她把背挺得笔直，迈出去的步子连脚尖都绷着一股劲儿，好像有股什么样的信念在敲打着她。

她像只孔雀，被人拔光了毛，也要挺着冠子昂首阔步，绝不认输——叶嘉树说不清楚那究竟是种什么信念，但隐约觉得与此类似。

回到车边，叶嘉树摸了摸口袋。

"这儿。"宋菀说，扬手，把车钥匙给他扔过去。

叶嘉树接过，宋菀忽地喊了一声"喂"，叶嘉树看过去，她说："我来过清水街的事儿，你别跟唐骞谦说。"

叶嘉树说"好"。

他们这圈子，说小好像不小，说大却也不大，但总有一些人专盯着别人的隐私，从蛛丝马迹中分析那些错综复杂的人事变化——不得不说，有时候虽不中，但亦不远。

自在城郊别墅争吵以后，唐骞谦两个月没给宋菀打过电话了。好多重要的私人聚会，以往他都是要带宋菀去的，现在却换了别人。那是个艺术学院的大学生，混血，法籍华裔，年轻貌美，高中时还当过平面模特。这姑娘频繁跟从唐骞谦，久而久之，大家都嗅到了一些耐人寻味的信号：那号称地位绝不动摇的"宋老板"，这次恐怕……

周末聚会的时候，听见风声的傅小莹问宋菀："你们这是怎么了？以前也没见你跟唐总吵架这么频繁啊……"她顿了顿，转念又说，"其实也好，你还年轻，现在未必不是一个机会。"

宋菀笑一笑，不答，只问傅小莹："你的那些人，失去兴趣了，你会怎么处理？"

"还能怎么处理？大路朝天，各走一边呗。"

"这就是唐骞谦和你不同的地方。"

话说到这儿，也就说透了，懂的人自然懂。

宋菀始终记得，前些年，唐骞谦迷上了古董收藏，花大价钱费时费力淘到了一只明宣德年间的斗彩小碗，成日把玩。后来有一日，那小碗突然不见了踪迹。再过了半年，宋菀去地下室找渔具，看见那碗被随随便便地扔在柜子里，落了一指厚的灰。

喜欢不喜欢，打上他唐骞谦的名字，那就是他的东西。

时间已到五月，闷透的天气，春夏不着。

宋菀清闲日子没过多久，宋芥就给她找了个大麻烦。

这天她正在芙蓉路的宅子里看书，接到宋芥助理打来的电话，说宋芥在酒吧跟一个富少争宠，为了一个小嫩模打起来了。宋芥跟那富少都没多大问题，富少的司机为主挡灾，挨了几下，被砸成重伤送医院了。

富少怎会善罢甘休，喊了一帮人把宋芥开在南城艺术创意园的工作室给围了，要给自己人讨个说法。

助理愤愤不平:"也就是虎落平阳,搁在以前……"

"行了!"宋菀不悦地打断他,"报警了吗?"

"这怎么能报警?宋小姐,你现在赶紧过来调停调停吧,宋总……"

"他算哪门子的总?"

撂了电话,宋菀气得肺疼。

宋芥的艺术工作室也是借唐蹇谦的名开起来的,他就挂个虚名,工作室聘了专门的经理人打理。宋菀不清楚工作室与唐蹇谦之间有没有利益输送,也不想去了解。

叶嘉树开车,把宋菀送到了艺术园区。

车还没走近红墙黑瓦的工作室,就看见门口十余人,个个魁梧凶悍,把大门围得水泄不通。

叶嘉树找空位把车停下,宋菀正要拉门下去,叶嘉树喊住她。

宋菀转过去:"怎么了?"

"我跟你一起去。"

宋菀笑着说:"这时候还不忘职责呢!"

叶嘉树扫了她一眼:"人多,怕出事。"

"你一个司机,去了能派多大用场?"

叶嘉树拔下钥匙,打开了中控台下的储物格,从里面摸出一柄匕首,往袖里一藏,而后拉开车门,弯腰往外一钻,沉声说:"不一定。"

他动作迅速,宋菀差点没看清楚那翻腕藏刀的动作。等回过神时,叶嘉树已经下了车,立在阳光底下,背影挺拔。

宋菀愣了一下,方跟上前去。

宋芥坐在通往二楼的铁楼梯上闷头抽烟,见宋菀露面,立即站起身,把烟头一扔,抬脚踩灭,遥遥喊道:"姐!姐!"

众人齐刷刷地转过头去，宋菀目不斜视，径直走到楼梯底下，抬头冷声道："下来。"

宋芥踩得铁架楼梯摇摇晃晃，几下就蹦到了宋菀跟前。

宋菀提眉冷视："打人的时候不挺能的吗？现在怂什么！"

"谁说我怂了？我只是……"

宋菀冷声道："唐总过两天就要来工作室视察，你摆这么一个烂摊子，是诚心想让他生气？"

富少此时听宋菀抬出了唐寒谦，当下便有些犹豫了。若宋菀只是一时失势，他与宋家结了仇，也是跟自己过不去。

但面子功夫还是要做的，富少说道："宋老板，赵叔给我爸开了十几年的车，如今他在令弟这儿受了委屈，我总得给他讨个说法。"

宋菀淡淡说道："我会责令舍弟亲自去医院向赵先生赔礼道歉，所有医疗费用和补偿也由我们承担。"

"还有……"

宋菀知道富少要提及那小嫩模的事："不过一个女人，君子有成人之美。"

不管失势传言真实与否，现在留一线终归是明智之举。富少接受了调停，领着人走了。

宋芥却不高兴了："姐，你还说我怂，我看你……"

宋菀懒得理他，径直往外走。

宋芥追上去："哎，你说唐叔叔过几天要来，是不是真的？你俩和好了？"

宋菀脚步飞快，一点也不想搭他的话。他猛地往前冲两步，一把握住了宋菀的手臂："姐，我问你呢，你跟唐叔叔和好没有？没有的话，你去哄哄他……"

"唐寒谦是你爹？这么离不开他，你怎么不自己去哄？！"

宋芥讪讪一笑，耷拉着肩膀，顷刻间便偃旗息鼓了："姐……

我不是这个意思……唐塞谦是什么样的人，你比我更清楚……"

"你清楚个屁！"宋菀抄起手提包往宋芥身上砸去。

宋芥一时未防，结结实实受了一下，第二下又过来，他急忙往后一躲："姐！！你别动手啊！"

这下砸了空，又用力过度，包顿时脱了手，落在地上，鸡零狗碎的东西撒一地。宋芥要过去帮忙捡，被宋菀瞪视一眼，又灰溜溜地退回去了。

"以后别给我在外面惹是生非，滚远点！"

"姐……"

"滚！"

"好好，我滚，我滚……"宋芥脚底抹油，一溜烟地奔回了屋里。

宋菀被一种不真实的荒诞之感击中，自嘲一笑，蹲下身去。

一道身影先她一步蹲了下去，拾起她落在地上的包，拍去沾在上面的尘土。

宋菀犹豫了一下，说了声"谢谢"，而后便垂下头跟叶嘉树一起把东西一样一样地捡起来放回包里。

宋菀说："今天的事，你也别告诉唐塞谦。"

他俩同时伸出手，去捡落在地上的最后一支口红。

手指碰上了。

叶嘉树立马收回了手，手指在身侧合拢，又缓缓松开。

"……好。"

阳光西斜了些，照进车里，不过停了十来分钟，车厢里便一股热气。叶嘉树打开车里空调，将宋菀一拦："等凉快了再上去。"

宋菀转头看了看，檐下一道狭长的阴凉，她走过去，把包举在头上，隔着两三米的距离看着叶嘉树。

他背靠着车身，低头从口袋里摸出一支烟点燃。黑色衬衫勾勒出背上肩胛骨的形状，后颈到耳后的一片皮肤白得晃眼。

宋菀喊他："喂。"

三四个月相处下来，她惯常喊他"喂"，他也不抗议，她怎么喊，他怎么应。

"嗯？"

"是不是觉得今天看了场笑话？"

叶嘉树顿了一下，抬头看她："要我说实话吗？"

"说呗。"

叶嘉树吸了一口烟，眯着眼打量她片刻，又低下头去："我看过的笑话不算少，你这算不上什么。"

宋菀笑了："你才二十二岁吧，说这话不觉得托大？"

"很多事不是论年龄的。"

"那你跟我讲一讲，都看过哪些笑话。"

"这是陷阱题。"

"什么？"宋菀有点没跟上他的思路。

"来之前，老刘嘱咐过我，凡事守口如瓶。"

宋菀笑着说："别人的也不能说？"

"不能。答应了保密，不能食言。"叶嘉树打开车门，探了探里面的温度，"……可以了，上车吧。"

宋菀真被噎了一下。

叶嘉树方才藏匕首的那一手利索动作，让宋菀生出一点兴趣，她觉得这人不见得是她看见的这样谨小慎微。

回程路上，宋菀忍不住问他："你以前是做什么的？"

"什么都做。"

"什么都做？"

宋菀的反问句拐了个调，听起来比他想要表达的原意要更意味深长一些，他顿了顿："……也不是什么都做。"

宋菀扑哧一笑："你是不是挺怕我？"

叶嘉树说:"还好吧。"

"还好是什么意思?"

"还好就是……"叶嘉树往后视镜里看了一眼,"要我说实话吗?"

他第二回问这个问题了,宋菀乐不可支:"说呗,怕我开除你不成?发你工资的人是唐謇谦又不是我。"

"……实话就是,你不是表面上看起来的那种人。"

宋菀一顿,心里开始有所戒备:"……我表面是哪种人?实际又是哪种人?"

叶嘉树斟酌着说道:"……小时候我养过一条狗,谁靠近它,它就冲谁龇牙咧嘴,但其实它比我爸的拳头大不了多少,刚生下没多久就被遗弃了。"

一时沉默。

"呵。"宋菀的表情淡下去,"……别以为我没听出来你是在拐着弯骂我。"

叶嘉树笑了笑,不再说话。他知道宋菀没生气,生气了不是这个语气。

回到芙蓉路,宋菀让叶嘉树下午和晚上自行活动:"我今天不会出门了,明天有事,下午两点你来接我。"

一般为了方便,司机都是住家的,但宋菀不喜欢家里有太多的外人,所以让叶嘉树自行住在外面,要求唐謇谦给他多发一份租房补贴。

第三章
虚幻盛夏

她在看他,
那目光说不出有什么别的意义,
就是在看他。

RAINING IN MY CITY

叶嘉树开着车，回到清水街的出租房。

下午没事，他把家里彻底打扫了一遍——事实上他的住处东西很少，也很干净，除了老刘离开以前非要塞给他的几件新家具，再没别的。

地板潮湿，空气里一股水汽，叶嘉树把窗户打开通风，点了支烟，靠着窗台，往对面墙上看——那儿贴着一张齐柏林飞艇的海报，页角已经卷边了。海报下方放着装吉他的盒子，每回扫除，他都会把盒上的灰尘擦得干干净净，但从来不会把它打开。

看了一会儿，叶嘉树准备换身衣服出门，敲门声响起。

叶嘉树赤脚走过去把门打开，目光下移，顿了顿："你怎么来了？"

门口是个穿水手服百褶裙的年轻女人，戴着口罩，没化妆，眼窝底下一圈乌青。

她一闪身，从门缝挤进来："叶哥一个人在家？"

叶嘉树把门关上，看着她，脸上没什么表情："叶瑶，你不能总赖着我。"

叶瑶似是没听见他说话，径自往厨房走去。黑色的制服鞋在地板上踩出一道道痕迹，叶嘉树皱了皱眉。

半刻，叶瑶出来了，手里拿着一盒酸奶。她把盖子揭开，舔了舔，抬起头来看向叶嘉树："……我能在你这儿住一段时间吗？"

"不方便。我要出门了，你赶紧走吧。"叶嘉树懒得理她，走回卧室换衣服，刚把身上的黑衬衫脱下，门吱呀一响，叶瑶从外面走了进来。

叶嘉树看也没看她一眼，拿起搁在床上的短袖T恤，刚要套上，叶瑶就伸手将他一推。

他的身体往后倒，刚准备站起来，叶瑶就跪在床沿上，按着他的肩膀往后推，顺势分开腿跪在他身体两侧，手掌贴在他的胸膛上，轻笑一声："……做吗？"

叶嘉树的表情没有一点变化："我要是想动你，四年前就动了。"他把手伸进裤子口袋，摸出几张钱，也没数点，直接塞进叶瑶手里，"借你的，拿去吧，别赖着我了，我又不欠你的。"

叶瑶表情一黯，手指团着那钱，过了片刻，从叶嘉树身上爬起来，背过脸去，抽了抽鼻子："……叶哥，就让我住一周，一周之后我肯定走。"

叶嘉树没说话。

叶瑶知道他是答应了，就把钱塞进口袋，理了理头发："叶哥，你就是人太好，见不得别人受苦。"

叶嘉树简直要被她气笑了："人好倒是错的了？"

"有时候就是错的，同理心太强，自己就容易受伤。学我，没皮没脸，多好。"

叶嘉树套上衣服，往她眼下明显是被人打出来的瘀青那儿扫了一眼："你是挺好，混成这副德行。"

他跟叶瑶是四年前认识的，那时他跟好朋友陈斯扬在酒吧驻唱，叶瑶在酒吧里"流窜作案"。那时候叶瑶就这副装扮，装成高中生，到处冲那些肥头大耳的男人叫"叔叔"。

每回工作结束，陈斯扬跟女朋友季雪享受二人世界，叶嘉树就跟一整晚也没赚到多少钱的叶瑶出去喝酒撸串儿。

后来，叶瑶交了个男朋友，挺高兴地告诉他，以后再也不干这营生了。虽然再没人一块儿喝酒撸串儿，但叶嘉树很高兴。

结果没到半年，叶嘉树接到叶瑶的电话，去了一个破破烂烂的出租房。那时候她刚做完人流手术,感染发烧,走投无路,实在没办法,只能联系叶嘉树,只因为叶嘉树曾经说了句两人同姓,也算是本家。

叶嘉树照顾了她一星期,让她离开男朋友,找个正经工作。她答应下来,但没多久就食言了。两年来,她跟男朋友分分合合,叶嘉树知晓劝告无用,也就懒得多费口舌。她每到山穷水尽的时候,就会找叶嘉树帮忙,而叶嘉树没有一次真能狠心拒绝。

叶瑶瞧了叶嘉树:"我混得再惨,那都是我咎由自取。可是你呢?你为了陈斯扬,为了季雪,为了陈斯扬他爹,就是不为你自己……"

叶嘉树只是平淡地看她一眼:"再多废话一句就从我家里滚出去。"

叶瑶耸耸肩,嘟囔:"……真话还不让人说了。"

叶嘉树拿上钥匙,往大门口走去。叶瑶端着那杯酸奶,踢踢踏踏地跟过去:"叶哥,你去哪儿?"

"你管我去哪儿。"

叶瑶倚靠着墙,冲他笑一笑:"今天夜宵我请你吃烧烤。"

"拿我的钱请我吃烧烤?"

"你都借给我了,还管那么多?"

"走了。"叶嘉树把门一关。

"哎哎哎,"门关上之前,叶瑶多嘱咐了一句,"……别回来太晚啊。"

叶嘉树出门是去拜访陈斯扬的父亲。

叶嘉树跟陈斯扬十五岁时相识,两人度过了最年少轻狂的四年时间。

一起替下个月的房租发愁;一起赶赴一场又一场的校园音乐会;一起买啤酒回来,在屋里喝得酩酊大醉;一起在酒吧驻唱,拿点儿微不足道的薪水，攒着钱租五千一天的录音棚灌小样，期待唱片公司的大饼砸到头上的那一天。

直到十九岁那年，陈斯扬去世。

陈父难以承受打击，三年来心内郁结，一直缠绵病榻，前一阵突发脑溢血，生死边缘挽救回来，但今后都得卧床。

照顾陈斯扬父亲的重任，叶嘉树以一己之力担下了。陈母要上班，家中无人，叶嘉树请了最好的护工，五千块钱一个月，还有医药费、营养费……

有时候，叶嘉树觉得自己是滚轮里的仓鼠，不敢停下。一旦停下，就是无法填补的巨大缺口。

他是万事不萦于怀的人，从前收入多少浪掷多少，如今却困于斗室，折腰斗米。钱，有时候竟是这样折磨人的难题。

在陈家楼下，叶嘉树抽完了一支烟。

他上楼敲了敲门，门内一阵脚步声，门打开，门里门外的人都怔了一下。

叶嘉树打声招呼："……你来了。"

门里的年轻女人穿一套过膝长裙，胸前挂着围裙，一手的面粉。她抿了抿唇，什么也没说，转身往里走。

叶嘉树在门口站立片刻，方提起脚步。

距离陈斯扬去世已经三年了，他在三年后的今天徘徊，前方是无法去往的明天，后方是无法触及的昨天。困于时间的不止他一人，还有陈斯扬的女朋友季雪。

陈母从厨房里走出来，热切地打了声招呼，端来凉茶，问叶嘉树吃过晚饭没有，她正在跟季雪包饺子。

"吃过了。我就过来看看。"

陈母的手在围裙上擦了擦，朝卧室努努嘴："你陈叔叔在房间呢，刚闹过脾气，现在在看电视。"

陈父躺在床上，口不能言，只能从喉咙里发出简单的气声。

叶嘉树听明白他是在打招呼，手从他颈后绕过去，把头抬起，垫高了枕头，而后自己在床榻边沿坐下，从被子里拿出他的手臂，顺着血管一点一点按摩。

叶嘉树做这件事时很有耐心，动作缓慢，心里也感觉到了难得的平静。

他抬眼往房间墙壁上看，墙壁上贴满了平克·弗洛伊德、大卫·鲍威、枪炮与玫瑰乐队的海报，显然是陈斯扬曾经贴上去的。这对尚不过半百的父母，还固执地保留着儿子在世时的布置和习惯，好像这样就能拒绝白发人送黑发人的事实。

叶嘉树收回目光，跟陈父讲新近发生的事——他自己的生活乏善可陈，提及两句之后，便搜肠刮肚地找寻话题：西区要拆迁了，市里落马了一个贪官，明年落户政策要改革……如是种种，全是他在开车时从广播里听来的新闻。

总觉得遥远，不关己身一样。

季雪在门口站很久了。

她走近的脚步声他没听见，她在思考该如何叫他，沉默中方意识到自己思考了很久，在出神地听他讲述那些枯燥乏味的"新闻"。他的声音如流水一样平缓，好像任何创伤都能被此抚慰，再不痛苦一样。

终于，她还是回过神，平淡地喊了一声"叶嘉树"。

叶嘉树顿了顿，转过头来。

她没与他的视线对上，边转身边说："阿姨喊你出来吃饺子。"

饭桌上，陈母问及叶嘉树的近况，叶嘉树说在给人开车。

"也好。"陈母把香醋和辣椒碎都往他那边推了推，"你以前做酒吧保安那个事，我就觉得太危险，早就不想让你做了。司机虽然挣得少些，总归是稳定的。"

叶嘉树嗯了一声，很淡地笑了笑。

吃过饭，叶嘉树去卧室跟陈父道别，又顺便悄悄地将刚拿到手的工资放进了陈母常用的抽屉里。

陈母将叶嘉树送到门口，叶嘉树刚准备走，屋里的季雪就说："等一下。"她把包带穿过头顶，斜挎在肩上，低头说，"我也走了。"

天开始热起来，太阳落山了很久，空气仍然黏糊糊地贴着皮肤。

季雪落后两步，走在叶嘉树身后。夜色里，人流和车流声一时近一时远。

到了公交车站，两人停下等车。他们如有默契地隔了三四米的距离，像陌生人一样。

季雪的手揣在连衣裙口袋里，目不斜视地盯着前方。

空气里突然散起烟雾，她不由自主地沿着轨迹去看，视线的尽头是正微微低头、沉默抽烟的叶嘉树。

季雪抿住唇，将目光生硬地转向他身前的公交站牌，虽然隔着这么近的距离，但站牌上的字一个也看不见。那些本就模糊不清的字，骤然间变得更加模糊，季雪用力地眨了眨眼。

就在这时，她听见叶嘉树沉声说："以后你要来，提前给我打个电话。"

愕然、震惊、心慌意乱，很多情绪涌上来，在季雪的脸上糅杂成愤怒的表情，她冷着声："……你就这么不敢见我？"

叶嘉树的声音很平静："见了我，你难过。"

他的难过与她的难过，从来都不是一个意思。

季雪咬着唇，感觉下一秒情绪就要控制不住："……没错，我一辈子也不会原谅你。"

迎面一辆公交车驶过来，车门哐的一声打开，她没看那究竟是不是自己要坐的，抱着包直接跳了上去。

车门在她眼前关上，透过玻璃窗，叶嘉树的身影逐渐被拉远。他抬起手,把那支还没抽完的烟很慢地揿灭在了陈旧的公交站牌上。

在光影交错中,他的身影变成了一个再也看不见的小点。

周末,宋菀陪傅小莹去买衣服。

女人逛街,一逛就是一下午,连带全套的下午茶和美容SPA。宋菀趴在床上,按摩师的手在她背上捏来捏去。房间里一股馨香,冲得她脑袋发晕。

跟红顶白的事,宋菀见得多,不觉得新鲜,只是没想到有一天自己变成了"白"的那一方。从前多少人想成为她宅子里的座上客,如今她想打牌,却连四个人都凑不齐。

宋菀问傅小莹:"现在大家都对我避之不及,怎么你还往我这儿凑?"

"我要是信了你在唐骞谦跟前失宠,那我不就是个傻子吗?"

宋菀笑了一声。真小人,总比伪君子好。

傅小莹转过头去瞧她一眼:"对了,你还记得李妍吗?"

"谁?不记得。"

"前两年,唐总不是怕你闲着无聊,让你去他名下的经纪公司上过半年的班吗?"

宋菀嗯了一声。那时候她专管艺人签约,眼光独到,给公司选出了好几个当红明星,也因此被人叫作"宋老板"。

"李妍那时候小有名气,到你那儿面试,被你给退了,有印象吗?"

"哦,"宋菀记起来了,"后来逢人便造我谣的那人?"

"对……她最近混得不大顺,听说……"傅小莹转头屏退按摩师,"你们先出去吧。"

等闲人都离开了,傅小莹方说:"她被人骗了,陪人睡了大半年，以为能嫁入豪门，结果什么也没捞着，还染上了毒瘾，精神似乎出了点儿问题，时好时坏的……听说她特恨你，清醒的时候一直咬牙切齿地叫你的名字。"

宋菀一声冷笑："怎么还赖到我头上了？"

"可能是看到跟她同样来面试的都红了吧。"

"就她那资质，签了唐謇谦的公司也捧不红。"

"所以很多人觉得你这人冷心冷肺。"

宋菀语气平淡："我只是不喜欢给人虚幻的希望。"

傅小莹盯着她看，心里好奇：到底会不会有那么一天，究竟遇上什么样的事，才能让她这样的人也情绪失控、歇斯底里？

叶嘉树发呆很久了，他蹲在树下把一支烟抽完，抬起头来才发觉宋菀就站在屋前的廊下。自芭蕉叶和鸡爪槭间吹来的风弄乱她的发丝，她整个人在盛夏的日光里模糊得像要不存在了一样。

她在看他，那目光说不出有什么别的意义，就是在看他。

叶嘉树挺好奇她怎么没叫自己，赶紧掐了烟把车门打开。

这一趟，叶嘉树是送宋菀进山。

宋菀和宋芥的妈妈黄知慧，六年前便住进深山不问世事。她住在半山的一处陋居，深居简出，粗茶淡饭，虽未遁入空门，但已然半只脚踏出红尘。

黄知慧不愿见宋菀，总让她不要来，但宋菀终究不放心，隔三岔五总得去看看。

车进山里，天光隐蔽，人在浓荫里。

到一处地方，宋菀让叶嘉树把车停下，拿上包下了车。细跟的高跟鞋踏在略有坡度的石子山道上，有些颤颤巍巍。叶嘉树不放心，往车轮子后面塞上两块石头，跟了上去。

黄知慧的住处就在浓荫深处。一间瓦房，破篱笆围出一方院子，田里架着丝瓜藤，一个穿麻布衣服的中年女人正坐在屋檐底下择菜。

听见脚步声了，黄知慧抬头看了一眼，又低下头去，仿佛来的这人与她没有半分关系。

宋菀喊了一声"妈"。

黄知慧端起菜盆，进屋去了。

叶嘉树跟到屋前就停了脚步，看着宋菀跨过门槛进屋，巡查似的满屋子转悠起来。

叶嘉树往里瞧了瞧，才发现这屋子干净整洁，远没有他想的那般寒碜。贴得齐整的石板地砖，粉白墙壁，乌沉沉的木家具，跟他以前见过的那些山间民宿一样。

宋菀的身影一晃，穿过几道门往厨房走去了。

叶嘉树看不见她的身影，自己走到院子里，在枣树下的石凳上坐下。田里一畦小菜绿油油的，西红柿刚刚成熟，水灵灵的红色。他往厨房看了一眼，隐约传出对话声。他犹豫了一霎，站起身往田里走去。

宋菀没待多久，一眨眼就出来了。她低着头，把墨镜往鼻梁上一架，哑着声对叶嘉树说："走吧。"

车往回开到村子的边界，宋菀终于出声指路，却不是让他回城。

车子七拐八拐，到了一户农家前，宋菀让叶嘉树停车。她摘下墨镜搁进包里，绕过晒在场坝里的干货，前去敲门。

没一会儿，从里面出来一个穿着粗陋的中年妇女。

宋菀挺热切地叫了她一声"张姐"，从包里掏出一个瞧着便分量极足的红包，塞进张姐手里。

叶嘉树明白过来了，宋菀是在拜托这人时不时到山上去瞧瞧，送点儿必需品。

跟了宋菀四个多月的时间，他第一回见她这样和声细语，似是生怕得罪了农妇，就会让黄知慧在这穷乡僻壤无依无靠一样。

叶嘉树突然间不忍再看,别过脸去,点了支烟。

宋菀跟那位张姐交代了很久,方才回到车里,那种让人陌生的热切之感在开门的一瞬间就消失了。叶嘉树往后视镜里看,觉得她还是这样不近烟火的冷漠最好看。

叶嘉树问:"走吗?"

宋菀嗯了一声。

叶嘉树突然想起什么,在外套口袋里掏了掏,手往后一扬:"接着。"

宋菀愣了下,伸手去接。

是个西红柿,半个拳头大小。

叶嘉树说:"你妈田里偷的。"

宋菀扑哧笑出声,话里不无讽刺:"那可是她自己辛辛苦苦种出来的。"

她也不讲究,将西红柿在自己没有一丝皱褶的真丝裙子上擦了擦,张口就咬。汁水溅出来,她含糊地说:"……宋家的人都一个德行,活在梦里不愿醒来。"

第四章 清水街

像已让病虫蛀空的树,
在等待决定生死的一把天火。

唐骞谦还是来了电话,对那日的争吵绝口不提。

"来桐原路,马上。"

这几个字激得睡意昏沉的宋菀一个激灵,背上一层冷汗,声音连带着也含了三分不自觉的哀求:"唐总……"

唐骞谦没给她讨价还价的余地,直接挂了电话。

宋菀起身去换衣服,衣服穿到一半了,才想起得给叶嘉树打个电话。那接通的嘟嘟声有点长,她突然希望叶嘉树最好不要接这电话,好让她找个理由推了今晚的会面。

"宋小姐……"

宋菀望着穿衣镜里自己裸露的半边身体,轻声说:"……过来接我,唐总要见我。"

这是唐骞谦对她时间最长的一次冷落。在这样无所事事的漫长时间里,她生出一丝幻想,以为唐骞谦终于有对她失去兴趣的一天了。

车来时,宋菀的妆已经化好了,很浓的妆,像个面具一样扣在她的脸上。

叶嘉树给她开门的时候,觉察到她在微微颤抖,身上刚喷的香水还没散,浓烈得直冲鼻腔。

他轻声问:"宋小姐?"

微热的呼吸拂着额前发丝,宋菀打了一个冷战,回过神来,一矮身钻进车里,靠着车门,蜷作一团。

汽车像一缕幽魂，悄无声息地穿梭在深夜空荡无人的街道上。叶嘉树心里有一种奇异的直觉，总觉得今晚的宋菀十分异常。"桐原路"这三个字，同样透着一些耐人寻味的深意。

叶嘉树把车停在桐原路 99 号，后座没有声音，他等了等，转过头去提醒："宋小姐，到了。"

那蜷在阴影里的影子动了动，叶嘉树下了车，过去替她打开车门。

路灯照着宋菀那一脸看不清楚真面目的浓妆，下车的瞬间，她的手指突然紧紧抓住叶嘉树的手腕，求救似的朝他望去一眼，假面裂了一条缝，她眼底是无尽的恐惧。

叶嘉树心里一惊。

"宋……"

然而只是一霎，宋菀就松开了手，迈开脚步："……回去吧，今天不用等我了。"

她踩着高跟鞋，步子迈得笔直，宛如被人扯光了一身彩羽，仍是昂首挺胸的孔雀。人越往前走，夜色越浓，直至她的背影彻底被黑暗吞噬。

一缕强光照进车里，叶嘉树的腿弹了一下，骤然醒来。迎面来的车开了远光灯，刺得人睁不开眼。车开走以后，叶嘉树看了看手机上的时间，凌晨五点。

天快亮了。

他下了车，活动了一下身体，从口袋里抖出烟点燃，向路尽头的 99 号看去。那是幢三层的别墅小楼，二楼的一扇窗户还亮着灯。

天光一寸一寸亮起，那灯一直亮着，却在晨光中暗淡得逐渐看不见了。

没过多久，叶嘉树看见唐謇谦一边打着电话，一边从里面出来，上了停在门口的一辆车离开了。

叶嘉树从地上站起来，动了动蹲得太久已经没有知觉的双腿，盯着99号的大门。

大约半小时，一道熟悉的身影从里面走了出来，脚步踉跄，每一脚都像踩在薄冰上。

叶嘉树按捺下冲上去把人扶住的冲动，一直跟着宋菀走到路口，才三步并作两步上前，捉住宋菀的手臂，轻轻一拽。

宋菀的身体晃了一下，别过头来，瞧见是谁以后，妆已经花得差不多，表情却依然无懈可击的脸上，隐隐显出一丝难以压制的痛苦。

她张了张口，叶嘉树很费力才分辨出她说的两个字是"药店"。

树影遮掩下的车里，宋菀的手颤抖着掰开了包装，把药送进嘴里，接过叶嘉树送来的矿泉水瓶子，喝水把药吞下。她喝得着急，那神情仿佛要把什么生吞活剥一样。

叶嘉树不是毫无常识，宋菀手里拿的药包装他认识，一般是用来事后紧急避孕的。

宋菀狠狠地抹了一把脸，把瓶子扔到一边，哑声说："找个地方，我想洗个澡……"

"芙蓉路？"

宋菀摇头。

叶嘉树斟酌片刻："……这儿离我家更近，你要不介意……"

"走吧。"

后视镜里，宋菀从包里抽出湿纸巾，有一下没一下地擦拭糊掉的口红和粉底液。她眼里灰败蔓生，像已让病虫蛀空的树，在等待决定生死的一把天火。

叶嘉树从没有见过这样的宋菀。

他突然在这时不合时宜地想起了那天陪老刘喝酒，老刘醉后的几句浑话："听说唐骞谦这人……干那事儿，花活儿特多，有点变态……"

心脏不可抑制地抽痛了一下，仿佛它不在应当在的位置。

开门的瞬间，叶嘉树才记起来家里还有一个女人。

意料之外的状况，让叶瑶难得有几分尴尬。她往被叶嘉树领进门的女人身上看了看，凭借先天敏感的直觉，她清楚地知道这人跟自己不是一路人。她冲宋菀笑了笑，去卧室提上自己的包，对叶嘉树说道："我出去办点事，晚上回来。"

宋菀立在原地，待叶瑶擦着她的手臂经过，门在背后关上，她抬眼看一看叶嘉树："女朋友？"

"朋友，借住的。"

叶嘉树走进卧室，翻了翻衣柜，有两套叶瑶留在这儿的衣服，都是水手制服裙，让宋菀穿显然不妥。他翻箱倒柜，找出一件T恤和一条运动长裤，递给呆立在客厅的宋菀，又指了指浴室的位置。

宋菀进了浴室，没一会儿便响起哗哗的水声。

叶嘉树揣上钥匙，出门，走出巷子，看见临街的一排小店。他买了些包子、馒头，又钻进小超市里挑了点零食和瓶装水。

叶嘉树在超市门口点了一支烟，立在台阶下方，听着玻璃门中的电视机播放新闻的声音。

一支烟抽完，叶嘉树提着东西回到楼上。

浴室门敞开着，地上一道水迹蜿蜒至卧室。叶嘉树犹豫了瞬间，朝卧室走去。他的衣服宋菀穿着明显大了，T恤在腰上系了一个结，系带运动裤的裤脚卷了几圈才露出光洁的脚踝。她肩膀上搭了一块干毛巾，正倾着身看他贴在墙上的海报。

叶嘉树将塑料袋子搁在进门墙边五斗橱的台面上，低声说："宋小姐，吃点早餐休息一下，我送你回去。"

宋菀恍若未闻，指了指桌面上的吉他："你会弹吉他？"

"嗯。"

宋菀转过身来，抱着手臂打量他："玩摇滚的？"

"以前的事。"叶嘉树转过身去，走出卧室。

宋菀拿过塑料袋子，从里面翻出馒头和瓶装水，就着水咽了几口馒头。没什么胃口，但身体是一种散架般的疲累，胃里泛出的饥饿感让她继续机械地咀嚼。

她往门外看，叶嘉树拿着一杆拖把，正在拖她踩出来的水渍。她低头往自己脚下看了一眼，吐了吐舌头。

叶嘉树拖完了地，再打开抽屉，找出吹风机，走到卧室递给宋菀。

宋菀跟叶瑶不一样。叶瑶经常在他这儿借宿，认识多年，他对叶瑶的事情一清二楚，无论好坏。当一个人对另一个人了如指掌的时候，也就没了任何好奇。他时常忽略叶瑶的性别，只觉得她可能就像自己一个不争气的妹妹，即便责骂，出于恻隐之心，还是能帮则帮。

宋菀不一样。

她仅在那儿站着，就能引起他的全副戒备，何况她还刚洗过澡，穿着他的衣服。

叶嘉树的手肘撑着窗台，侧着身子点燃了一支烟。烟抽得很慢，他望着楼下巷子里来往的人，思维转得也很慢。起初他以为自己在思考下一步的计划，直到这思考频频被打断，他才意识到自己是在脑海中拼凑方才在卧室所见的宋菀那张未施粉黛的脸。

她天然有点儿眼尾上翘，但清澈的眼神消解了那种妩媚，反倒显出一种不谙世事的无辜。他确信浓妆是宋菀的武器，否则这样让人心生破坏欲望的素颜，怎么能让她肆行无忌、张牙舞爪？

正想得出神，鼻子忽然嗅到一股洗发水的味道。叶嘉树神经一绷，转过头去，才发现宋菀不知什么时候走到了他身旁，就隔着一拳的距离。

她的头发吹得半干，散发着幽幽淡香——这是他常用的，很廉价，他此前从未觉得这香味有这样引人不断遐想的效果。

宋菀却毫无所觉，抬手指了指斜对面的一栋楼："……我以前住那儿。"那是上回她指过的三层小楼。

叶嘉树愣了一下。

宋菀冲他伸出手，他顿了几秒，意识到她是问他要烟。他把烟盒和打火机递过去。她抽出一支低头点燃，夹着烟的那只手白皙而清瘦。

"……也就几年的光景，清水街的变化真大。那时候夏天清晨，常能听见卖花声，一大捧的栀子花装在垫蓝花布的小篮子里。卖花的婆婆跟我都熟了——现在也不知道是不是还活着。"她语气平淡，恍若只在分享一段跟自己毫无干系的往事。

叶嘉树不发一言，眼睛向宋菀看去。

所有感慨在她脸上杂糅成自暴自弃的嘲弄，仿佛她觉得不配在此缅怀那个年少的自己。她沉沉吐出一口烟，把还剩了大半截的烟撅断："帮我去芙蓉路拿几套衣服，我在你这儿住一阵。"

叶嘉树站立不动："宋小姐，我送你回去。"

宋菀斜眼看他："不能住？我给你钱。"

与明哲保身无关，叶嘉树只是觉得不妥。犹豫的时候，宋菀又开口道："你这人，不懂适时地捞一些好处。"

叶嘉树抬眼："我不会从你身上捞任何好处。"

四目相对，一瞬间，宋菀像被他的赤诚烫着一般，率先转移了视线。

这话，总显得过于殷勤、过于急切，虽然叶嘉树的本意并非如此。他垂下眼解释："我只是个司机，只想做好分内的事。"

宋菀不置可否地笑了笑。

叶嘉树到芙蓉路的宅子，让保姆给宋菀收拾几套衣服。

谁知保姆使唤不动,拿着鸡毛掸子,拂着那些名贵的家具和花瓶,似乎没听见叶嘉树说话。

叶嘉树蹙了蹙眉,又嘱咐一次。保姆手里的动作不停,斜眼看着叶嘉树:"唐先生刚打电话来叮嘱过了,这宅子里的东西,哪怕是空气,都不能让任何人带出去。"

"宋小姐要她自己的衣服。"

保姆哼了一声,派头倒显得比主人还大:"她自己的衣服,不还是唐先生买的?"

叶嘉树无话可说了。

正打算走,保姆却将手一伸:"车钥匙。唐先生说了,这车宋小姐暂时用不着了。"

两小时后,宋菀才等到叶嘉树回来。他出了一身的汗,把几个纸袋递给她,自己先去洗手间冲了个凉。

出来以后,叶嘉树跟她解释情况。

宋菀却一点没放心上,饶有兴味地把他带回来的那些印着品牌商标的纸袋一一拆开,笑问:"你买的?"

叶嘉树看着她:"你不惊讶?"

"惊讶什么?清宫剧看过没?那些被打入冷宫的嫔妃,不就我这待遇吗?"宋菀自嘲一笑,掰着手指数给他听,"信用卡停了,房子不让住了,车子不让开了。"

"……你自己攒钱了吗?"

宋菀把叶嘉树买来的衣服往自己身上比:"攒钱的人都是想好好过日子的,你看我像吗?"

叶嘉树一时间不知如何回应。

宋菀笑着说:"不至于山穷水尽,我有地方住,不会赖着你的,放心。"

叶嘉树看着被自己的运动服衬托得瘦骨伶仃的宋菀,话像是排着队地挨个往外冒:"住着吧……"他转过身去,把一串话落在身后，"……清水街上还有人卖花，你明天早点醒，能听到。"

宋菀没吃中饭，一觉睡到近傍晚的时候。太阳西斜，对面玻璃窗子映着大片红光，她坐起身来晃神了好一会儿，才记起自己身在何处。

屋子里晃一圈，没瞧见人，宋菀摸出手机给叶嘉树打电话。

电话里叶嘉树只说："下来吃饭。"

整个一条清水街，宋菀很熟，然而来往的人是陌生的，那种暌违已久的沧桑也是陌生的。

她的手揣在裤子口袋里，拖拖沓沓地走过锈迹斑驳的门楣，脚下的青砖已让车轮碾得破损。这自然不再是记忆中的清水街。

叶嘉树等在一个卖饮料雪糕的摊前。他长手长脚，坐在马扎上，整个人显得局促，但不知道与摆摊的大娘聊些什么，神采飞扬，眼里是宋菀此前从未见过的笑意。

宋菀觉得有趣，隔着一段距离瞧了他许久，方才施然走过去。

叶嘉树抬起眼看她，笑容还挂在脸上。他拍一拍手，从马扎上站起身："饿了吗？去吃饭？"

邻近摊子的一家餐馆里，叶嘉树点了菜，又点了支烟，背过身去看贴在墙上的老板娘女儿的奖状。他显然是常客，老板娘对他挺殷勤，上茶的时候还寒暄了几句。老板娘对宋菀充满好奇，瞅了几眼，丢给叶嘉树一个意味不明的笑。

宋菀托着腮打量叶嘉树。他的脸长得年轻，气质却沧桑，两者矛盾又和谐。别人看着他的眼睛时，会觉得他这人有故事。

宋菀说："可惜我现在没这个职权了，不然签了你。两部戏，只要两部戏，保管你会红。"

"不如帮我出唱片。"

"那就不能给你出了，现在什么年头了，谁玩音乐谁赔——而且你还是玩摇滚的，赔得底儿掉。"

叶嘉树笑了。

宋菀瞅着叶嘉树,无法想象这人玩摇滚的模样:"……现在呢,怎么不玩了?"

"你不是说了吗,这是个赔钱货,玩不起了。"叶嘉树移开目光。满满一面墙的奖状,"三好学生""校园歌唱比赛"……一张挨一张,最早的已经泛黄。

眼睛余光看见斜过来一只手,叶嘉树低下眼,看见宋菀白皙的手指:"怎么了?"

"给我支烟。"

叶嘉树晃了晃自己的烟盒,晃出一支递给宋菀:"……这烟不好,怕你抽不惯。"

宋菀笑了笑:"我现在吃你的、穿你的,还有资格挑剔好不好?"

宋菀笑意坦荡,叶嘉树往她脸上瞅一眼,眯了眯眼,又把目光掉转回去。他莫名不习惯她素颜,过于干净,过于无辜,很难让人生出戒心。

四道菜为烟笋炒腊肉、地衣炒鸡蛋、蚝油生菜,加一碗白菜豆腐汤。

叶嘉树怕宋菀吃不惯,想提前打声招呼,宋菀却已狼吞虎咽起来。

她没吃中饭,饿得太狠,这几道菜又滋味地道,像小时候外婆还在时帮她烧的那些,吃着吃着便觉得鼻头发酸。八年过去了,她以为自己早就不觉得疼,亦不会觉得委屈了。

叶嘉树起初不觉有异,直到发觉宋菀将头埋下去久久没抬起来。

他看了宋菀一眼,停了筷子,忽地站起身:"我出去打个电话,你先吃。"离开桌子的时候,他不动声色地将卫生纸推到了宋菀手边。

叶嘉树出去抽了支烟,估摸着差不多了,方回到桌边。

宋菀在喝豆腐汤，神情一切正常，她抬眼看了看叶嘉树："……你是不是以为我哭了？"

叶嘉树含混地嗯一声。

宋菀笑了笑，似乎不带什么意味："哪至于？"

叶嘉树不知道如何应答，拿起筷子埋头扒饭，转移话题："吃完要去逛逛吗？"

"逛什么？"

"夜市？"

宋菀笑着说："我身上没钱。"

"夜市而已，东西不贵。"

宋菀斜眼去看他："怎么，真打算包吃包住？"

叶嘉树不说话，拿了勺子去添饭。

两人到底没去夜市，叶嘉树只陪着宋菀在清水街附近逛了逛。他开的那辆车被唐謇谦收回去了，没了车，也去不了其他太远的地方。

叶嘉树知道自己现在收留宋菀十分不妥，他与唐謇谦虽接触不多，但很清楚，能白手起家到那样高位的人，必然有几分手腕。但现在宋菀如此处境，他做不出落井下石的事。

晃荡一圈，他们又回到楼下。

宋菀拉开一楼铁门，听见身后的脚步声停了。她回过头去，看见叶嘉树立在阴影里。

"怎么了？"

窸窸窣窣的声音，片刻，叶嘉树朝她伸出手，递过钥匙。

宋菀盯着钥匙："什么意思？"

"宋小姐，你自己上去吧，我还有点事没办，今天晚上不回家了。"

宋菀立在原处，静了半晌，哧地冷笑出声："怕跟我这样的人共处一室，坏了你的名声？"

"我是怕坏了宋小姐的名声。"

"我这样的人,还有什么名声?"

叶嘉树上前一步,把钥匙塞进宋菀手里,只说:"楼梯窄,注意安全。"

他转身便走了。

宋菀捏着钥匙,一时间竟无所适从。那高大的身影没一会儿便消失在清水街狭窄的巷道里,身后却亮起了灯,是有人下楼。

宋菀回身望了一眼,最终还是拿着钥匙转身进了楼。

宋菀洗了澡,湿着头发倚靠在窗台上吹风,心里什么也没有想。

这些年的生活让她养成了从不去思考明天的习惯——养在笼子里的鸟儿,有什么明天可言?无非看主人高兴,赏一顿米、一顿水。

这一次,她彻底惹恼了唐謇谦,断了米又断了水,虽然翅膀还没被剪去,可谁知道是不是终究会有那么一天?她不是学舌鹦鹉,说不出漂亮话,唐謇谦调教了八年,怕是终于失去了耐心。

她不能在这里久住,叶嘉树已经帮了她许多,她自己无所谓,可不能连累无辜。

宋菀思索片刻,给傅小莹打了个电话。开口求人她是第一次,好在傅小莹爽快,说会给她找个住处,再借她一辆车。

之后,宋菀又给宋芥打电话,宋芥那边倒是一切正常,看来唐謇谦并不打算斩草除根——这态度摆明了他在等她服软儿,去求他。只要求他,他就会开恩。

这晚宋菀睡得十分安稳。她认床严重,但这次一沾枕头便很快入睡了,大约因为屋子里有一股很淡的霉味。南城多雨,气候潮湿,小时候家里过了季的衣服挂在衣柜里,拿出来时便常有这样的气味。

那气味包裹着她,在梦里她见到了久违的父亲。她还是十六岁的模样,捧着奖杯,扬着下巴等父亲的一句夸奖。

醒来天还没亮,宋菀起床,走到窗前,隔着将明未明的天色去找记忆中的那栋房子。离她如此之近,可再也回不去了。

天一分一分亮,薄雾中忽然响起一道声音。老迈的音色拖长了音调,似是吆喝,宋菀顿时一怔——是卖花声!

宋菀来不及换鞋,抓上钥匙就往下跑。青石板上沾着露水,她发足狂奔,像要回溯时间,执着地去抓住一些什么。

离那声音越来越近,她停下脚步,却看见前方有一道熟悉的身影。

宋菀脚步踌躇:"……叶嘉树?"

叶嘉树穿着白天那件白色衬衫,晨风鼓起了半挽的衣袖。他转过身来,眉目间笼着晨雾,朦胧亦显得深邃。他怀里抱着花,是新绽放的栀子。

"起来了?"叶嘉树将花递给她。

宋菀没去接:"你……"

叶嘉树的发上沾着雾气,衬衫也似被湿气洇过一样,那样柔软。

宋菀突然间被一种难以名状的悲恸攫住,眼里叶嘉树朦胧的身影渐渐与记忆中多年前的一个白衣少年重叠。那时那人也是这样,递过来一捧栀子花,不敢看她,只是转过头去挠头掩饰笑意。

卖花的老妪递来零钱,抬眼看见宋菀,"哎呀"一声,又说:"姑娘,你怎么了这是……"

宋菀慌忙抬衣袖擦眼。声音还是熟悉的声音,只是比八年前更显得苍老。

"婆婆……您还记得我吗?"

老妪眯了眼睛打量,片刻,急忙伸手去捉宋菀的手:"小菀,是小菀啊？"

"哎哟，我真是没想到……"老妪唏嘘不已，"这都多少年了……你是搬家啦？搬哪儿去了？你爸妈还好吧？小许呢？你俩还在一起？"

一迭声的追问，倒使本已情绪濒临崩溃的宋菀顷刻清醒。

她很淡地笑了笑，上前一步抱了抱老妪佝偻的身躯，轻声说："婆婆，我还好，我们都挺好的。"

和老妪寒暄两句，宋菀嘱咐她多注意身体，而后便起身告辞。

叶嘉树跟在她身后，把买来的花递给她。

宋菀仍是不接，低下头去。那花大朵大朵的，洁白饱满。

"……扔了吧。"

叶嘉树不解。

"我没跟你说过吗？"宋菀脸上浮起笑，是叶嘉树第一次在芙蓉路的大宅子里见到的那种矫饰虚伪，"……我挺讨厌栀子花的，看婆婆可怜，所以才照顾她的生意。"

宋菀两手插进裤子口袋，飞快地往前走。

"宋菀。"

宋菀脚步一顿。那声音自隔了一段距离的地方传来，叶嘉树并没有跟上来。

"骗自己没意思。"

宋菀站立片刻，也没回头，冷笑一声，再次迈开脚步。

身后那脚步比她走得更快，几步便赶到了她身旁，二话不说，抓过她的手，将拿棉绳捆作一束的栀子花强行塞进她手中。

第五章
命与劫

命与劫,降临的时候便不会管你是不是已然兵荒马乱。

栀子花养在盛了清水的瓶里，几日后逐渐变黄枯萎。

宋菀这几日都住在叶嘉树家里，她无处可去，也提不起兴致与外界联系，白天去巷里与卖冰棍的大娘闲聊，一坐便是一整天。遮阳伞下热气微熏，老式的冰柜轰隆运转，她有时候买支雪糕，有时候什么也不买。大娘也不赶她走，一边纳鞋底一边与她絮叨，大约也是因为孤独。

大娘聊完了自家的家长里短，便开始聊那些听来的谈资。她说起一桩清水街的旧闻，抬手指向暮色里的洋楼："那里以前住着一个大老板，老有钱了，后来听说犯事了，要枪毙，他闺女为了救他，跟了一个更有钱的大老板……年纪小咧，听说那时候刚满十八。"

宋菀动作一顿，牛奶味的雪糕让她一口咬出个老大的缺口，她咽下去，从喉咙一直凉到心底。她露出一个没有任何意味的笑："是吗？那后来呢？"

"后来人搬走了，谁知道呢。大老板有钱，跟了他肯定日子过得好咧，不像我们哦，一年到头辛辛苦苦挣几个钱，还不够给孙子买件像样的衣裳……"

后面的话宋菀没再听，一口一口咽完了雪糕，把木棍儿弹进前面的簸箕里，看着暮色中几个穿校服的小姑娘跑进巷里，沿街建筑的灯一盏一盏亮了起来。

宋菀起身走了，此后再没来过。

白天黑夜，叶嘉树都不见人影，两人非亲非故，宋菀也从来不问他的行踪。有时候他回来收拾两身衣服，翻翻抽屉，拿了东西便走；有时候过来补上一瓶洗发水，顺带提回一些新鲜的水果。

宋菀鸠占鹊巢过意不去，又给傅小莹打了个电话。傅小莹告诉她公寓和车都准备好了，约了日子让她过去拿钥匙。

宋菀给叶嘉树打了一个电话，要请他吃饭。

宋菀觉得，叶嘉树的年龄在她看来始终是模糊的。他小她几岁，有一张捯饬以后扔进娱乐圈绝对能混出名堂的脸，与年轻英俊的皮相错位的是一种将朽之人的气质，所以宋菀无法想象他曾经是玩摇滚的。摇滚是愤怒，而他是一块浮木，被浪冲到哪里便是哪里，认命，绝不挣扎。

吃饭的地方是宋菀找的。她记忆里离清水街不远的地方有家老字号饭店，循着记忆找过去，还开着，并了旁边的店面，扩大了一倍，饶是如此仍旧人满为患。民国侍应生打扮的服务员脚不沾地，半天才端上来一壶热茶。

叶嘉树自陈家回来，在饭店门口抽完一支烟，拍一拍衣上的浮尘，转身上楼。宋菀坐在二楼靠窗位，手上端着茶杯轻啜。她动作中带着一股子提不起气力的懒散，望着窗外脸上带笑，好像看见了什么顶有意思的事。

叶嘉树想起第一次在芙蓉路的大宅子见到宋菀的模样。她天然有一种让人的目光围着她转的特质，即便那时候在宅子里是矫揉造作的，这时候是不自知的。

宋菀这时候转过头来，冲着他淡笑一下："来了。"

两人落座，寒暄两句，也未深聊。点菜之后，又等了许久，菜才一道一道端上来。

宋菀吃得不多，显然是没胃口，撂了筷子喝茶，看向对面。

叶嘉树也不抬头："你想说什么？"

宋菀笑了笑:"钱行呗,还能说什么?"

叶嘉树没有作声。

"我找到住处了,总不能一直在你这儿叨扰。明天送我去个地方吧,以后……"宋菀顿住。

"回唐謇谦身边?"

"不然呢?"宋菀笑着,像往脸上扣了一张假面。

她将头转向窗外,能瞧见路上神色匆匆的行人,夜色中是一条条模糊了细节的影子。"……如果你还有继续搞摇滚的打算,我能帮你引荐。别做司机了,尤其别做唐謇谦的司机。"她笑了一声,像是笑给自己听的,"跟唐謇谦牵涉过多的人,都没什么好下场。"

叶嘉树不置一词。

宋菀把下巴靠在自己的手臂上,顶上灯光被遮了,鼠灰色的阴影攀上她的脸,落在眼下。

她低声没头没尾地感叹了一句:"……可能我开始老了,这些天总能瞧见旧事旧物的影子。"

往来食客,推杯换盏,服务员高声吆喝……像尘世潮水,他们被裹挟其中,又被隔绝在外。

吃完饭,两人一前一后往街走。叶嘉树点燃一支烟,深而重地吐息,像是吐出心底深处淤积的该说与不该说的话。

走到楼下,宋菀停下脚步,转过身来看着叶嘉树:"白吃白喝了你这么多天,我过意不去,你有什么需要帮忙的,可以跟我说。"

"没有。"

"我这人不习惯欠人人情。"

"那是你自己的习惯,自己克服。"

宋菀被逗笑:"……总有什么你办不到的事吧?"

"我办不到的,你办得到?"叶嘉树目光锐利。

宋菀沉默，自嘲一笑，不再开口，转过身去拉开铁门。叶嘉树上前一步，钳住了那铁门的边沿，手臂圈住狭小的范围，将宋菀禁锢其间。

宋菀呼吸一滞，才发觉他竟然这样高，高得足以施加让她感觉到危险的压迫感。颈后汗毛受寒一般竖起，是他落下的呼吸轻轻拂过。

她勉强地笑一笑："……怎么？"

"没什么需要你帮忙的，你好好活着。"

宋菀眨了眨眼，像是夜色变成了有重量的实体落在她的眼睫上，凝成了沉重的雾气。

过于漫长的一个瞬间终于过去，宋菀退后一步："明早八点，我在楼下等你。"

他微微点了点头，转身走了。他走着她曾经走过的路，走过所有即将下落不明的心事。以这夜为节点，此前是尚未水落石出便要消散的心猿意马，此后是自此殊途的平生不见——南城这样大，以各种维度划分成泾渭分明的世界，他相信若非刻意，两个人绝没有偶遇的那一天。

他拯救不了别人的命运，他连自己的命运都左右不了。

次日清晨，宋菀收拾好了自己的东西，等在楼下。叶嘉树开着一辆半旧不旧的丰田，是找朋友借的。

他六点便起来了，将车停在街口的路边，拿着湿布把车里仔仔细细地擦了一遍。

宋菀化了妆，是叶嘉树惯常见过的那种浓妆。

一路没有交谈，车开到了一处高档公寓小区。叶嘉树停了车，看着宋菀下车走进小区。不过十分钟，她的身影又出现，冲着他笑了笑，甩了甩手里的钥匙串。

"走吧。"她重新回到车里，跟叶嘉树说了一个地名。

车汇入逐渐拥堵的车流，日光一寸一寸变热变亮，白花花地落在手臂上。叶嘉树很清楚地意识到，这是两人相处的最后一段路了，可他仍然沉默，仍然觉得言语都是多余的，都是徒劳。

半小时后，到达目的地。

宋菀说："去地下停车场吧，我朋友借给我的车停在那儿。"

车拐入地下，头顶日光一寸一寸收敛。

叶嘉树找了一个空位把车停下，宋菀下了车，顺着顶上悬挂的牌子往后找。

"多少号，我帮你找。"

"C63。"

叶嘉树望了望，走进邻近的通道，挨个往后找，60、61……

叶嘉树停下脚步："这儿。"

宋菀转身朝他走过去。

叶嘉树打量着落了灰的车："这车还不错。"

宋菀笑了笑，傅小莹这人办事还是厚道的。

她掏出车钥匙按了一下，嘀的一声，车门解锁，确认无误，便又将钥匙揣回口袋。

"不试试？"

"回头出门再试吧，我上楼看看公寓情况。"

叶嘉树点了点头："那我先走了，需要帮忙可以联系我。"

宋菀笑意很淡，叶嘉树明白她擅自将他的这句话理解为了客套。也是，道别的话已经说过。

"走吧。"

宋菀正要转身，旁边 C64 停着的一辆福特轿车嘀地响了一声，她意识到自己挡在那车的车门外侧，便赶紧往外撤了几步。

这时候，车门打开了。

"小心！"

叶嘉树猛地冲过来，将她往外一扯，转个身抱入怀中。

宋菀一时发蒙，脚下趔趄两步站定，听见叶嘉树闷哼一声，急忙抬头看去，顿时一个激灵——一个散发的女人怒目圆睁，两手紧紧抓着一把匕首，匕首的顶端……

叶嘉树松开宋菀，反手抓住那女人的手臂，使劲一别又一拧。女人痛得松手，匕首哐当落地。叶嘉树就势手腕一扭，将女人整个压在车身上，冲宋菀喝道："报警！"

宋菀这才反应过来。从他浅色 T 恤上渗出的血液火一样地灼痛眼睛，她慌忙两步跑过去："叶嘉树，你……"

"我没事，你赶快报警。"

宋菀点头，手颤抖着去摸包里的钥匙。

女人的脸被摁在车窗玻璃上，整个扭曲得变了形，她斜眼瞪着宋菀，眼珠几乎要脱眶："宋菀！你不得好死！"

宋菀一顿，朝女人的脸看去。这人她认得，虽然只见过一面，但她认得——李妍，上回傅小莹提过的，当年面试，被她驳回没签的那个女演员。

宋菀手一松，手机跌回包里："……我认识她。"

叶嘉树皱眉看向她。

"我认识……放了她吧。"

"她是冲你来的，下次……"

"我知道，放了吧。"

叶嘉树踌躇一瞬，松开了手。

李妍立马退后一步，像看什么脏污一样瞪视宋菀："你充什么好人！我变成这样，都是拜你所赐！你这个臭婊子，活该破鞋一样被唐蹇谦玩腻了扔掉！"

叶嘉树弯腰拾起地上的匕首，冲向李妍："快滚！"

李妍看向叶嘉树："你算个什么东西……"

"滚！"痛让叶嘉树面目狰狞，他迫近一步，匕首尖端正对着李妍的眼睛。

李妍抖了一下，不由自主地后退一步，瞧了瞧叶嘉树，再瞧了瞧宋菀，最终还是绕过车尾跑了。

宋菀赶紧脱下身上的衬衫外套，胡乱叠了叠，按向叶嘉树的背后。她说不准伤口有多深，只看见血像开了闸一样不停地往外涌。

她心慌意乱："……你自己按着，我叫救护车。"

"不用。"叶嘉树按住她的手，把车钥匙递过去，"开车吧，去医院。"

宋菀慌忙点头，要去扶叶嘉树，他摆手："没事。"

上了车，宋菀把钥匙插进去，转了两下，没打着火。

叶嘉树伤在左背，侧了侧身，艰难地将右手伸过去，替她打火。

她要去挂挡，又想起安全带还没系，手忙脚乱……突然之间，手指被捉住了，一片冰凉。

她低头去看，是叶嘉树握住了她的手，轻轻擦拭——她才发现自己手上沾着他伤口的血。

"……别慌，我死不了，你先把手擦干净。"

黏稠的红色粘在她净瓷一样洁白的手指上，像他曾经见过的蔻丹那样刺目。

开车载着处理过伤口的叶嘉树回清水街的路上，宋菀感觉到一种迟缓的恐慌。她以为在父亲去世之后，她就再也不会明白恐慌是怎样的滋味，因为天早就已经塌了下来，她是正正好好接住的那个人。

她依然记得那是一个下午，她坐在桐原路 99 号的穿堂风里，纱帘被风刮起又啪的一声吸在玻璃窗上。天黄得出奇，在任何文艺作品中那都是一种末日景象。

当雨落下的时候，唐骞谦也回来了，他大衣没脱，站在背阳处，成为一道无法绕过的影子："……他给你留了遗书……你要看看吗？"

她尖叫着让唐寨谦不要过来，那道影子却还是越来越近，最终一条铁铸般的胳膊把她从地上捞起来，强硬地往她手里塞进一张皱巴巴的字条。他展开给她看，那上面的字迹歪歪扭扭，是暗沉的红色，是血的颜色。

唐寨谦的手臂将她搂进怀里，像是要搂住一缕即将消散的亡魂，他说："你以后还有我。"

她记得那时候的自己笑了。还有什么"以后"，她一生所有的希望都结束在那个昏黄的雨天，只剩下践行字条上宋靖东留给她的诅咒一样的遗嘱："照顾好妈妈和弟弟。"

那场雨一直下到今天。

车速慢下来，满街都是匆忙躲雨的人。

宋菀打开雨刷器："南城还是这样，雨说下就下。"她笑了笑，觉得这样恐慌好像消退了少许。

叶嘉树背上缠着纱布，隐隐的疼痛让他提不起精神，只是平淡地嗯了一声。

上楼进屋，叶嘉树跟宋菀打了声招呼，进卧室倒头就睡。

宋菀忙过一圈回到卧室，在床沿边坐下。他趴睡着，脸压得变了形，发丝落在额头上，眉头皱作一团。

她看着他，心里出奇地柔软，却又带着一种宿命般的悲剧预感。

小时候下暴雨，只一个下午，小学门口便淹了水。宋靖东蹚着大腿深的浊流将她从大门口的栏杆上方接出来扛在肩膀上，她举着一柄聊胜于无的小红伞，被雷声吓得尖叫一声，赶紧撒了手。那伞被湍流冲向远方，像漂在水面上的一朵红花。宋靖东的步子迈得更快了，抵达水势渐小的上坡地段时，他将她放在汽车顶上，嘲笑她胆儿小。她早哭得没了力气，用响亮的打嗝以示抗议。那天回家冲过热水澡，从浴室出来，看见宋靖东坐在客厅里，手捏着棉签给自己上药。她走近才发现，他的小腿肚不知道被什么东西拉出老大一条口子，旁边垃圾桶里有一团沾了血的棉球。

活到现在，两个男人为她拼命、为她受伤，一个是她父亲，一个在眼前。

她突然想把叶嘉树喊醒，问问他图什么，在她这样一个人身上，他还有什么可图的。

可倘若他什么也不图……

她发现自己怕的便是他什么也不图。

叶嘉树闻到一阵食物的香气，起初他以为是错觉，睁眼闭眼几次，那香味缭绕不散，近得仿佛就在跟前。

他从床上爬起来，被牵扯的伤口疼了一阵，他歇了片刻，循着香味找过去，在厨房里逮到一个忙碌的身影。

他租的这房子五脏俱全，上任房客留下了整套厨具，但他不会做饭，从没用过。眼前这场景比梦里还不真实，直到宋菀抬起头来看他一眼："能帮忙添饭吗？"

客厅里老式的圆桌是房东留下的，上了年代的东西，桌面上伤痕累累。他拿好几层报纸盖着，压了盆绿萝——是对门搬家的时候拿不走硬塞给他的。

如今他与宋菀围着圆桌坐下，广口盅子里盛着排骨汤，两个素菜做陪衬，米饭飘着热气，他踌躇着不敢动筷。

"尝尝吧，虽然我七八年没弄过了，但应该能吃。"她拿勺子给他盛汤，递到手边。

叶嘉树端起尝了一口，汤火候不错，是入了味的，拿筷子轻轻一揭，排骨也炖得很烂。

"你还会做饭。"

宋菀笑着说："觉得稀奇？以前我想要什么东西，不好意思开口，就煲汤哄我爸开心。"

叶嘉树第一回听宋菀提起她的父亲。他见过宋芥，见过黄知慧，但从没见过她的父亲。他虽不问，但猜想她父亲应当是已经离世了——若还在世，怎么忍心见自己女儿跟着一个和自己年纪差不多的男人，还是以这样的身份。

像是明白他的疑惑，宋菀接着说道："……他已经不在了，拿塑料袋子套在头上窒息而死——他判了十年，只是十年而已，我等得起，他却等不起。"她眼前模糊了又清晰，清晰了又模糊……已经八年了，她被撇下，独自一人熬过了八年。如果宋靖东还在，两年后他们便该重逢了，她便能被他带出这无间地狱，就像那年他蹚着泼天的洪水接她回家一般。两年，只差两年……

叶嘉树捡不出合适的语句回应。他在猜想，在那桩公案里，唐蹇谦扮演了什么角色。

"唐蹇谦是我爸的客户，也是朋友……"

果然，宋菀亲手做这一桌子菜不是没有理由的，她防人防得深，因为心里的每一点秘密都剔骨剜心，她不说不是因为怕，是因为会疼。她在烧水的时候，煎油的时候，守着骨汤汩汩熬熟的时候，将防线一点一点敲碎，才能借此契机向叶嘉树吐露些真相——他为她拼命，他值当知道这些真相。

"那时候我爸出了事，是他在上下奔走，否则我爸可能会被判得更重——当然，不是没有代价的。"

代价不言而喻。

宋菀已经把筷子撂下了，低头任由眼泪一颗一颗往下落。真是件奇怪的事，这些她想烂死在肚子里的话，却能对叶嘉树说出口。因为他替她挡了一刀，还是他曾往她手里塞进一把微凉的栀子花？

"……再回到八年前，我还是会做同样的决定，但我得防着我爸，我什么东西也不会给他送——他用来自杀的塑料袋子，是我给他送进去装点心的。"

这是唐突吗,不合时宜吗?他有这个资格吗?

身体先于这些问题做出行动,他搁下筷子起身,将那颗低垂的脑袋按进自己怀里。他尽量站得笔直,想让她觉得自己是可靠的,即便这个世界都背叛她,他也会为她一条路走到黑。

雨还没停,天色昏沉,如同已经天黑。嘀嗒的雨声里能听见一些人声吆喝,在离他们很远的地方。

他的手指触到冰凉的泪水,一种仿佛幻觉中的痛感,远胜于背后的伤口。活到二十二岁,他年少轻狂时跟一些人荒唐过、逢场作戏过,但第一次实打实地觉得在劫难逃,好像是灰烬里凭空出现的一粒火星,非要将他烫伤不可,烫出属于活人的牵肠挂肚。他去拍打,反让风烧得一发不可收。

命与劫,降临的时候便不会管你是不是已然兵荒马乱。

叶瑶避开了宋菀伸过来帮忙的手,一旋身去捞汤锅里的面条,将宋菀彻底隔绝在外:"伺候人这种粗活哪是宋小姐你能做的?我来就行了。而且我哥的德行我了解,他看似万事好商量,实则挑剔得很。"她侧头冲宋菀笑一笑,一个纯粹的"自己人"的笑。

叶瑶是在叶嘉树受伤的第二天过来的,她以为宋菀已经搬出去了,带着一大包行李前来继续借宿,一推门却感觉到气氛有了一种诡异的变化,与十几天前叶嘉树将宋菀领回来时完全不同,这种变化将她彻彻底底排除在外。

叶嘉树赶客,说这几天没空接待她,她瞧见了搁在桌子上的药水和纱布,问:"谁受伤了?"叶嘉树站在大门口,宋菀站在窗口,两个人都没说话,像是达成了一种沉默的联盟。

叶瑶抿着唇,手指一松,行李落在地板上,上前一步便去扒拉叶嘉树的外套。

"干什么?"叶嘉树往回一扯。

"你受伤了?怎么搞的?"叶瑶动作迅猛,扯外套不成又去掀他的衣服,虽然被叶嘉树及时抽回,但她还是看见了缠在后背上的一抹白色。

叶嘉树往前走一步,做出赶人的架势:"你先回去吧,我得在家待几天,你住这儿不方便。"

叶瑶往宋菀那儿望一眼,她仍然面对着窗口往外看,留给她一道无从窥视的背影。

"怎么不方便?你受伤了总得有人照顾吧?"叶瑶不退反进,硬生生挤了进来,一副"你奈我何"的架势。

叶嘉树皱眉:"你准备住哪儿?打地铺?"

"打地铺就打地铺!"

叶嘉树认识叶瑶这些年,很清楚这人无所谓"要脸"一说,她在感情和生活上都有一种到了黄河也不死心,就地便把自己沉了的狠劲。

可宋菀与她截然相反,她无所谓决绝不决绝,不过是对着生活见招拆招,拆不了的招便拱手认输。输与赢,到底能有多大差别?

宋菀识趣,知道叶瑶的敌意冲她而来,她原本就是个牵连无辜的闯入者。她什么话也没说,进屋去收拾东西。

身后响起脚步声,灯光让人一遮:"你不能走。"

"总不能真让叶小姐睡地铺。"

"她爱睡就让她睡,你现在能去哪儿?"

"你还担心我没去处吗?"

一阵沉默,宋菀还是补充了一句:"我去找宋芥,之后再做打算。"

叶嘉树走近几步,低下头去看她:"昨天那一刀明显是冲你来的,知道你的车正好停在那儿,借你车的朋友也脱不了干系。

宋菀，你得罪了多少人？"

宋菀笑道："躲在你这儿就安全吗？"

叶嘉树烦躁地皱了皱眉，伸手掏了支烟点上："既然我救了你，一报还一报，你总得听我一次。"

"我不能继续给你添麻烦。"

"你已经给我添麻烦了，以为付点儿医药费就能两清吗？"叶嘉树微眯着眼，看入她的眼里。

年轻男人的眼里有一种掠夺与挑衅般的锋利，宋菀扭头避过。

最后，叶嘉树居中调停，叶瑶让了一步，同意不住在这儿，但白天都要在跟前照料。

宋菀从未遇过这般尴尬的场景，但叶嘉树仿佛是乐见她尴尬、局促。他展露出了一种专属于年轻人的促狭，好像是一直蛰伏的棋手，步步为营之后终于将了对方一手，他想将这胜利的滋味延续得更久一些。

狭小的出租房里，三个各怀心事的人挤在一起，倒显得热闹了起来。叶瑶逮到机会总要抖鸡冠子似的挑衅宋菀，但每一次都被宋菀以"似笑非笑"这一招化解。她性格直来直往，最拿宋菀这种心事深沉的人没辙，就像她一贯拿叶嘉树没辙一样。

倒也不是没有宋菀也颇觉无可奈何的时候，比如叶嘉树无聊了，非要拉着她与叶嘉树玩扑克牌。叶瑶以为宋菀不精此道，没想到几局下来让宋菀打得落花流水。

又一局，宋菀率先打完了手里的牌。

叶瑶输得没脾气了："喂，你是做什么工作的？"

"你觉得我是做什么的？"

叶瑶撇撇嘴："大小姐好命呗，平常不需要工作，最擅长这些不学无术的东西。"

"叶瑶。"叶嘉树警告。

宋菀的神色倒是丝毫未变，伸手把散落的牌一揽："还来吗？"

"不来了，不来了！没意思！"叶瑶在两人跟前凑了两三天，挑不出宋菀一点错处，反而越看她越顺眼——她初时觉得宋菀是个眼高于顶的人，后来发现她脾气十分和顺，有时候她背着叶嘉树刁难宋菀，支使宋菀给自己打下手，宋菀也二话不说地照做。她吆五喝六，故意说些刺耳的话，宋菀也从来不恼。

晚饭过后，收了桌子，宋菀主动帮忙洗碗，叶瑶却嫌弃似的将她往外赶："你出去吧，不要你帮忙。"

脚步声远了，叶瑶打开水龙头，水哗哗地流了好一阵，她才回过神来，洗碗的时候，水滴砸在手背上。

她想起最初见到叶嘉树的时候。

每一次演出结束，都有各色女人缠着往叶嘉树的夹克里塞玫瑰、钞票或者名片。叶嘉树从来不收，离开酒吧在后巷将外套一抖，各色东西雪片似的落一地。少年有一种睥睨尘世的傲慢。他靠着墙壁，点一支烟，品尝演出成功的滋味。叶瑶问女伴要了一支烟，孝着胆子上前去找他借火。他偏头看她一眼，把自己的烟递给她，挑眉问道："会抽吗？"她硬着头皮猛吸一口，呛了好半天，仰头道："以后就会了！"

他们就这样熟识起来，以后常会一起撸串儿，聊一些意气风发的少年梦想——她都忘了那时候自己还是有梦想的。陈斯扬挽着季雪，叶嘉树独自一人，她也独自一人。叶嘉树是因为没有伴，她是因为那些伴都带不上台面。她常在想如果能早一些遇见叶嘉树就好了，或者如果她早一些知道自己在未来某一天会遇上叶嘉树就好了，那么再辛苦再困难，她也能咬牙坚持，不必去走那条最后仅剩下的、唯一的路。

叶瑶在一种认命般的怅惘里洗完了碗，将灶台也擦得干干净净。她踏出厨房门，看见叶嘉树和宋菀并肩站在一起，都在抽烟。宋菀懒散地靠着窗台，缭绕而起的烟雾衬得她的五官若隐若现，像旧式挂历里的美人。似乎一个话题刚结束，他们都没有说话，但沉默反倒比语言更意味深长。在这长而久的沉默中，叶嘉树眼里有笑，无法掩饰般又延伸至嘴角。

这笑刺得叶瑶心里一空。

叶瑶站了许久，方出声道："喂！你送我一下。"

宋菀转过头来——经过几天的相处，她已经自觉地将"喂"字与自己画上等号。

宋菀把烟揿灭，朝叶瑶走过去。她在门口换了鞋，跟着叶瑶一道下楼。

老式的建筑中，楼道灯得猛跺脚才会亮。有人刚回家，摔得铁门哐当一响，整栋楼都跟着晃了一晃。

"嘉树吃了很多苦。"在楼前的阴影里，叶瑶停下脚步。

宋菀对她突如其来的掏心掏肺有所预感，沉默中还是决定听她继续往下说。

于是她听到了一个完全不同的叶嘉树。

才华横溢、不可一世，自己创作自己演唱，每一次在酒吧的地下演出都能满场，硬是从零开始，以黑马之姿在南城的地下摇滚乐团中闯出名声，直到现在还有忠实粉丝收藏着他们自费出的唱片。

叶瑶忽然问："三年前河西区发生过一场大火灾，死了四个人，你有印象吗？"

宋菀想了想，点了点头。

叶瑶顿了顿，继续说道："……火了以后，有唱片公司跟他们接洽，让他们从地下转入正式的商业发展。叶嘉树和陈斯扬产生分歧，大吵一架。当天晚上陈斯扬喝得酩酊大醉，楼上失火，死了四个人，也包括陈斯扬……叶嘉树觉得这是自己的错，如果没吵架，陈斯扬就不会喝那么多酒，也就不会……"

叶瑶长叹一声："……乐队解散了，陈斯扬的父亲大病一场，叶嘉树把所有责任都揽了下来。不靠音乐，他也就没别的本事了，接一些散活，赚的钱减去自己日用，剩下的全给了陈家。"

这是她所见证的叶嘉树的全部。他现在暗淡得如一粒尘埃，渐渐让人忘了他原本其实是一颗星星，原本那样明亮而耀眼。

而在方才他忍不住微笑的那个瞬间，她似是见到了久违的微光，曾经照亮她也灼伤她。

"……宋菀，我不知道你们身份相差悬殊究竟是怎么认识的，我也不知道你有什么目的。"叶瑶抬头看她，目光近乎逼视，"……但你别辜负他。"

叶瑶一贯化着艳俗的浓妆，但这一刻宋菀从她脸上看见了一种清水洗尘的恳切真诚。

可惜啊。

宋菀在心里叹了声气，转头把目光望向远处沉沉的夜雾，那里望不见任何星辰，连灯光都是模糊的。

"……抱歉了，我做不到，我配不上他。"

第六章 为风折腰

为风折腰,不听人命。

RAINING IN MY CITY

叶嘉树的伤口不算深，休息了一周多，便可以拆线了。

清晨，宋菀陪他到附近的社区医院拆线，她将人送进检查室，自己则去大厅里等候。社区医院早上很冷清，铁制的座椅上寥寥数人。一位父亲抱着孩子焦虑得抖腿，一位老人用手帕按着嘴轻声咳嗽，一位十五六岁的小姑娘满不在乎地嚼着口香糖。

窸窣细碎的声响，白天也亮着的日光灯，无不在营造一种陌生感。

宋菀从口袋里掏出手机，再度看了看——信息是早上刚起床的时候收到的。她一点也不感到意外，甚至觉得它比预料中来得迟了些。

唐寨谦：差不多闹够了，晚上回芙蓉路吃饭。

手指摁在屏幕上，顿了又顿，最后往左一划将其删除。

没等多久，检查室门口就传来护士叫号的声音："下一位。"

宋菀看了一眼，冲着从门口出来的叶嘉树淡淡地笑了笑。

叶嘉树走过来："我以为出来就见不到你了。"

"什么？"

"没什么，走吧。"

"去哪儿？"

"你想不想出去散心？"

宋菀毫不犹豫："不想。"

叶嘉树低头看她："怕唐寨谦？"

宋菀蹙了蹙眉，抬眼反盯住他："你在撺掇什么？"

叶嘉树愣了一瞬,自嘲一笑:"你倒看得起我。"

似是觉得这话题继续聊下去便是自取其辱,叶嘉树收回目光,径直往外走。

白T恤里肩胛骨轮廓若隐若现,这样看去才发现他真的年轻,尚有一种偏于少年感的特质。在他迈出大门的一瞬间,光影恰如其分地切作明暗两半,年轻男人越发变成一个混沌而暧昧的概念。

宋菀站起身,捏在手中的手机落进包里,咚的一声。

她追上去:"去哪儿?"

脚步一顿,叶嘉树回过头来。他笑起来,眼底像风拂过青色的麦浪一般。

太阳沿着古镇民居的屋顶切下,在水泥地上投下参差不一的阴影。人在阴影里行走,衣袖挡风,叶嘉树点了一支烟,淡青色的烟雾四散开去。

西南的古镇,距离南城五六百公里,还是一片尚未开发的净土。

他们刚在一家餐馆吃过饭,店里的服务员说着土话,普通话都不大听得懂,交流起来连比带画。

这八年来宋菀基本都待在南城,即便出门也都是唐蹇谦安排好的。欧洲与美洲的繁华之地,过去便是购物,几趟下来索然无味。于是她心生怠懒,反正都是打发时间,不如就待在自己家里,省得舟车劳顿。

宋菀问叶嘉树要了一支烟,也抽了起来。她已经入乡随俗,换上了当地风格的棉麻长裙,藏青底碎花,底色极深,衬得皮肤白得发亮,让人想到初春阳光下要融化了的雪。

"想下乡去玩吗?"

"这还不算下乡?"

叶嘉树笑着说："我有两个朋友，在镇辖的民族乡，他们这两天过节，有歌舞晚会。"

"你在这儿都有朋友？"

"以前搞摇滚的时候认识的，他们做民族音乐，以前也在南城打拼。"

"好啊，那去看看吧。"

"提前说好啊，那儿穷乡僻壤，没镇上便利。"

宋菀犹豫道："要在那儿留宿？"

"那倒不用。"

叶嘉树的这两位朋友是兄弟俩，一个叫阿吉，一个叫阿顺，傈僳族的，现在在配合相关部门及学者搞民族音乐的采集、整理和保存工作。

次日清晨，叶嘉树在镇口跟兄弟俩碰上，两人开着一辆面包车，正往车里搬运大型的摄录设备。

叶嘉树搭了一把手，问道："现在出发？"

"差不多了。叶兄弟跟我们一块儿去，还是自己去？"

"车里位子够吗？我还要带个人。"

"够，带谁？"

"一个朋友。"叶嘉树往后看了一眼。

兄弟俩跟着看过去，嘿嘿笑了。

叶嘉树不解释什么，朝宋菀招呼一声："可以出发了。"

后座堆了些东西，三人座变成了两人座，有些挤。叶嘉树尽量靠着窗户坐，给宋菀挪出空间。

宋菀往旁边看，堆放的是一面黑漆漆的大鼓、几支鼓槌，还有些叫不出名的奏鸣乐器。

坐副驾驶座位的阿顺往后看了一眼，笑着说："嘉树，你今晚也表演个节目吧，好久没听你唱歌了。"

"不唱。"

"你不唱那就只能你朋友唱了。"

"她也不唱。"

"你俩过去白吃白喝,连个节目都不肯表演?"

"我们是客,客人还得表演?"

阿顺百折不挠:"不唱歌,跳舞也行啊,你这位朋友学过舞蹈是不是?"

叶嘉树看宋菀一眼。

宋菀问阿顺:"这也能看得出来?"

"能啊,挺明显的,芭蕾是吧?"

宋菀笑道:"那能看出来学了多久吗?"

"七八年是有的吧。"

"喂,"叶嘉树踢一踢副驾驶座椅,"怎么看的?跟我说说。"

阿顺嘿嘿一笑:"不告诉你。"

乡镇道路颠簸,车开得很慢,沿路都是树林,满目浓荫,人仿佛走在打翻的绿色颜料中。

阿顺心情畅快,突然喊号子似的高喊一声,紧接着拖长声音,放声高歌。

那声音高亢又嘹亮,号角一样穿透了这铁皮车厢,一声一声,荡得越来越高,越来越远。叶间有鸟振翅,扑簌簌飞起一片,阒静的树林立时便热闹起来。

叶嘉树忽地探身往后,从后排座位上拣出一把乐器,拨了两下。

这乐器长得有点儿像琵琶,但共鸣箱是六角形状的,比琵琶小,只有四根弦,上面缀着一条红白两色绸布缝制的背带,弹出来的音色悦耳又明亮,恰好能和阿顺的歌声完美融合。

歌是方言,听不懂,但隐约能感觉是首情歌。

开了近两个小时，车到了村里。阿顺和阿吉都是村里的人，家里父母听说要来客，早起就开始准备招待了。

村里多个民族混居，村民住在木头和石头砌起的瓦房里，树木葱茏，掩映其间。

阿顺和阿吉的家里还有个七八岁的小妹妹，叫阿喜，也不怕生，见面就拉着宋菀去后面院子里洗手。

院子里有口水缸，阿喜拿葫芦瓢从缸里舀了一瓢水，慢慢浇在宋菀手上。她汉语说得不大流利，有点儿咬着舌头："姐姐，你长得真漂亮。"

宋菀笑着说："阿喜也长得漂亮。"

"不……阿吉哥哥一直说我丑。"她指了指自己的脸颊，"我有雀斑，雀斑真难看。"

"美国有一个童星，叫林赛·罗韩，也有雀斑，而且比你还多呢，一点也不影响大家觉得她长得好看。"

"真的吗？"

"当然。"宋菀摸了摸她乌黑油亮的辫子，"阿喜长大了一定是个大美人。"

宋菀顿了一下，忽然感觉到一束目光，转过头去，发现叶嘉树正站在通往后院门口的檐下看她。

屋里有人喊阿喜，阿喜应了一声，丢下葫芦瓢跑进去了。瓢在水缸里摇摇晃晃，像浪涛里的一叶小舟。

吃过中饭，阿吉和阿顺到村口帮忙，那里正在搭晚上演出的舞台，穿短衫的汉子们一人肩上扛一摞器材，在烈日底下跑得汗流浃背。

宋菀帮不上忙，就躲在棕榈树的阴影下，守着茶壶和茶碗静静地看——这是叶嘉树托付给她照看的，说是阿吉妈妈特意给他们泡的。有草有叶，壶在井水里浸了很久，喝起来清凉，清热又解暑。宋菀偷偷尝过，有一股药草的怪味，但竟然越喝越喜欢，便趁他们不注意，多喝了两杯。

没一会儿，舞台搭建好了，阿吉和叶嘉树拿搭在肩上的毛巾擦了擦汗，过去喝茶。

阿吉提起茶壶掂了一下，嘟囔："……怎么快没了？都让阿顺省着点喝了。"

"……"宋菀云淡风轻地别过了目光。

叶嘉树喝了口茶，把茶杯搁在小板凳上，提着T恤的下摆抖了抖。

阿吉看他："怎么了？"

"背上，好像有虫爬进去了。"他又使劲抖了抖。

阿吉掀开T恤看了一眼，叶嘉树白皙的背上不知道让什么蜇了个疙瘩，红了好大一片。

"哎哟，不得了……赶紧去洗个澡，擦点儿药。"

"没事，"叶嘉树把T恤放下去，"忙完再说吧。"

两个男人重新回到舞台，调试音响设备。

这里晒处热，阴处凉。宋菀背靠着树，无事可做，让向阳处的热风袭得昏沉欲睡。

眼要合未合的时候，叶嘉树忽从远处奔了过来，手里拿着一只绿油油的瓶子，二话不说，抓过她的手臂，就往裸露的皮肤上一阵乱喷。

"哎……"宋菀阻挠的话没说出口，就看见瓶子上写着"驱除蚊虫叮咬"几个字。

他当驱蚊水不要钱似的，往她手背上、脚踝上喷了一道又一道，宋菀嗅着："……我感觉自己像花露水成了精。"

叶嘉树笑出声。

花露水是问老乡借的，叶嘉树拿回去还。阳光跃动，那背影颀长挺拔，鹞子一样，矫健而轻盈地跃上了舞台。

午后三点，舞台搭好了，灯光和音响设备也调试完毕，台下木凳子摆放整齐，只等天一黑，歌舞晚会正式开始。

大家收工往回走，叶嘉树三人走到树下，阿顺摇摇茶壶，已经没水了，嚷道："哥，你都不给我留一点！"

"你还好意思说，都是你喝完的。"

"我没喝！"

四人往回走，宋菀怕晒，把纱巾拉过头顶，牢牢包住。她走在最后，落后叶嘉树半步，看他走一阵便要伸手挠一挠后背，便问："还没好？"

"汗浸进去了，没事。"

回去走的不是来时的路，而是一条小路，两侧树木蔽日遮天，让太阳晒过，一阵一阵冲鼻的草腥气。

阿吉停下脚步，忽问："叶兄弟，去不去游泳？"

宋菀顺着他的视线看去，前方一条河流若隐若现，原来沿路听见的水声真不是错觉。

男人多大都跟小孩儿一样，阿顺和叶嘉树一听，立即摩拳擦掌，三人不约而同地拨开了道旁枝叶，向着河流发足狂奔。

片刻，叶嘉树的声音隔着树丛传来："你在原地等一会儿！"

宋菀犹豫了一瞬，还是跟了过去。

等她费力穿过了最后一片树丛，往河里一看时，立马窘得掉头往回钻——三个大男人，全脱得赤条条的，挥臂划水，在河里载浮载沉。

宋菀回到原地，守着三人撂下的东西，等了十来分钟，听见树丛那端传来笑声。顺着叶间缝隙看去，阿吉和阿顺兄弟已经穿上了衣服，叶嘉树没穿上衣，湿漉漉的黑色T恤被他拿在手里。他身上的水珠还没蒸发彻底，衬着苍绿的树叶，那皮肤更是白得晃眼。

三人说说笑笑地往回走，等拨开树叶，叶嘉树的目光与宋菀对上，突然感觉到十分窘迫。他耳根泛红，掉过身去，把T恤上的水拧了拧，就这么湿着套上了。

到了阿吉兄弟家里，叶嘉树找阿顺借了衣服换上，阿吉、阿顺和阿喜则换上了傈僳族的传统服饰。

在家里吃过晚饭，阿吉一家人浩浩荡荡地向着村口出发。

天已经快黑了，残阳映在水里，烟树暮禽，绿水红光，人在画中走。

村口人头攒动，场下已被围得水泄不通。宋菀没坐观众席，被叶嘉树领到后台放音响的地方。他给她搬来一张椅子，又往她手里塞了瓶不知道何时拿来的花露水，对她说："你就坐在这儿看。"

没一会儿，阿喜来后台找哥哥们，看见宋菀，走到她跟前，期期艾艾地问："……姐姐，我能跟你一起看吗？"

宋菀把阿喜往自己跟前一搂，笑着说："好啊。"

一段歌舞开场，拉起晚会大幕。节目全是各民族的歌舞，听不懂，但听不懂自有听不懂的趣味。

阿吉在观众台架着摄像机摄影，阿顺管后台调度，叶嘉树是负责音响的。他就站在宋菀身旁，节目演出中间偶尔转头看一眼，她搂着阿喜正看得入迷。

晚会散场，又燃起篝火，大家不分演员观众，全在大场坝中央手拉手跳起舞来。阿吉和阿顺也牵着手加入进去，叶嘉树按了个按钮，把音响里的音乐关了，夜空里荡起唱歌的和声。

叶嘉树转头看宋菀："你去吗？"

宋菀摇头。

叶嘉树也不勉强，从口袋里摸出支烟点燃，把凳子拉近，在宋菀身旁坐下。

"玩得开心吗？"

宋菀点头。

两人一起看向跳舞的人群，忽听砰的一声，天光一亮，一团红色烟火猝然炸开。

宋菀吓得缩了一下脖子，条件反射地循着那声音看去，一朵又一朵，开了散，散了开。

欢呼声、尖叫声，潮水一样地涌来。

叶嘉树大声问："去近一点的地方看？"

"好啊！"

叶嘉树丢了烟，抬脚踩灭，忽地将她的手一攥，向前飞奔。宋菀被拽得差一点跌倒，趔趄了一下，慌忙跟上。

他俩跑到了大道上，听见发动机嘟嘟嘟嘟的声响，恰逢一辆拖拉机喷着浓烟开过来。

叶嘉树又问："想不想吃雪糕？"

天上一阵轰鸣，宋菀没听清："什么？"

叶嘉树将车子一拦，问了开拖拉机的老乡两句话，而后冲宋菀一抬下巴："上去！"

"上去？"

叶嘉树走了过来："准备好。"

他忽地伸出手，在宋菀身后稳稳托住她的腰，往上一抬。宋菀吓得赶紧抓住挡板，她回头看了叶嘉树一眼，一咬牙，抓着挡板翻上了车斗。

叶嘉树紧随其后，一跃而上，动作轻盈。

那拖拉机是运竹子的，他们就这样躺下去，拖拉机轧轧地碾着泥路。每一波烟花散尽，露出背后黑沉的夜空，星星就赶集似的争先恐后地落入眼中。

叶嘉树的手掌垫着后脑勺，一条腿跷在另一条腿上。一枝竹叶拂到他脸上，他腾出手扯了一片，拿手指把叶蜡擦干净，放在唇边，一用力，一声啸音飞出去，鸟叫一样。

宋菀仿佛被浸在一汪浅浅的水中，夜色和叶嘉树吹出的声音浮力一样托着她轻轻摇晃，像在半梦半醒间，宁静而恍惚。

这一瞬间，哪怕只有这一瞬间，她觉得自己总算挣脱了唐骞谦的束缚，她在清晰的心跳声中感觉到一种久违的渴望，折磨她也刺痛她——生的渴望。

拖拉机在村里最大的杂货店门口的场坝上停下，叶嘉树道了声谢，和宋菀跳下车。

冰柜就摆在门口檐下。昏昏暗暗的一盏外灯下，蚊子嗡嗡乱绕。

打开冰柜，寒气扑面而来。

"喜欢什么口味？"

"草莓。"

"没有。"

"巧克力。"

"没有。"

"杧果。"

"也没有。"

"那有什么？"

"只有这个。"叶嘉树拣出一支冻得硬邦邦的冰棍。

"……"

"凑合吃吧。"

两人沿着石子路往回走，把冰棍嚼得嘎吱嘎吱响。

石子路上有一排刚立没多久的电线杆，没有路灯，但月色皎洁，两侧水田被照得发亮，能听见蛙声。烟火已经放完了，远山近水，一片寂静。

"宋菀。"

"嗯？"宋菀转头。

叶嘉树正看着她，那眼神她觉得陌生，好像他不仅仅是在看她，还在透过她去看一些更本质的东西、一些生命里不得不臣服的东西。

叶嘉树叼着冰棍，双臂交叉垫在脑后，话音含混不清："我俩挺像的。"

懦弱的人才会粉饰太平，可他们又不够懦弱，被本不重要的责任感束缚，一生困于不得解脱的囚笼。

他羡慕阿顺、阿吉和阿喜，茫茫红尘中他们活得像这月光下的青稻田，为风折腰，不听人命。

宋菀感觉有冰雪一样的痛感在渐渐掏空她的心脏。她为什么既感到害怕又想要靠近？因为相似。

可如果不是认识了这份相似并对其观照，她原本并不觉得自己有多么悲哀。

镇上灯火皆寂，街头的脚步声能一直传到街尾，他们把车停在镇口，踏着干净的石板路走回旅馆。越过电线杆，头顶是明净的夜色，月亮像个黄澄澄的荷包蛋。

这晚宋菀睡得并不平静，从凌晨开始肚子便一直闹腾，往厕所跑了几趟，上吐下泻，不得已给叶嘉树拨了一个电话，让他帮忙问问前台有没有药。

没一会儿，听见敲门声，宋菀强撑身体前去把门打开。

叶嘉树将医药箱拿出来搁在屋里茶几上，拿热水壶转身去接水烧上。

宋菀估摸自己是吃坏肚子了，掰了几片治肠胃炎的药服下，在叶嘉树的劝服之下又喝了半杯热水，再爬上床。

"你先睡一会儿，要是药没用我送你去医院。"

被子拉高盖住了脑袋，传来含糊的一声"嗯"。

怕宋菀再出什么事，叶嘉树没回自己房间，坐在床对面的沙发上打起了盹。

约莫过了半小时，他听见窸窸窣窣的声响，蓦地睁眼，瞧见宋菀正从床上爬起来。

"怎么了？"

宋菀低头找鞋，趿上以后飞快地往厕所冲去。

叶嘉树急忙跟上去，却被猛然关上的门一挡，里面传来呕吐声。宋菀气若游丝："你别进来！"

没多会儿，响起哗哗的水声，叶嘉树试着将门推开，宋菀一手撑在洗手台上，一手接凉水漱口。

叶嘉树将一旁刷牙的杯子接满水递过去："我送你去医院。"

"大晚上的，镇上哪还有医院开着？"

叶嘉树没说话，顿了顿，转身出去了。

宋菀浑身瘫软无力，将马桶盖放下就势一坐，抬手扯了两张纸巾，擦了擦脸。

没一会儿，叶嘉树推门进来，伸手将她两条胳膊抬起来搁在自己肩上，手臂箍住她的腋下将人扶起。

"能站稳吗？"

宋菀点头。

叶嘉树背过身去："去诊所，我背你下去。"

旅馆老板热心，说镇上有家诊所是他朋友开的，还特意打了电话过去打招呼。

等到了楼下，老板已经将车开了过来。老板帮着叶嘉树将宋菀扶进车后座，嘱咐他们有需要帮忙的尽管招呼。

诊所里亮着灯，门也开着。叶嘉树将宋菀搀进诊所治疗室的床上坐下，俯身把她脚上的拖鞋取下搁在一旁："你先躺会儿，医生马上过来。"

他把布帘掀起来，走了出去。

宋菀躺下，一阵天旋地转，声音、光线都隔了层膜，模模糊糊的。

没过多久，她听见嘟嘟的说话声，有人在推她的手臂。她睁开眼，对上叶嘉树的视线。她的眼皮被扒开，一束光射进来，医生让她张嘴说"啊",她说"啊",冰凉的金属探进来,压着她的舌头。

医生递给叶嘉树一支温度计:"给她测一测体温。就是吃坏肚子了,问题不大,挂点盐水睡一觉就能好。你看着,我去配药。"

叶嘉树说声"谢谢"。

温度计捏在手里,叶嘉树有点儿不知所措——毕竟这东西是要搁腋下的。踌躇一霎,他还是伸手推了推宋菀的肩膀。宋菀嗯了一声,别过脸来,从他手里接过温度计。

没发烧,体温是正常的。医生配了两瓶盐水,很快就挂上了。

腹中那阵绞痛缓缓消失,人像落入水中,缓慢下沉。在意识彻底消失之前,宋菀模糊地感觉到有人把她露在外面的胳膊塞进了被子里,她喃喃地唤了一声。

整间诊所阒静无声,等宋菀睡着,叶嘉树从口袋里摸出烟和打火机,走到洗手间。他点燃烟,吸了一口,抬头去看,才发现自己满脸的汗。他把烟搁在洗手台的角上,拧开水龙头洗了把脸。脸上的水没擦,他仰起头,将额前的头发往后一捋,再拿起烟,靠着洗手台缓缓地抽。

他想着方才转身离开时宋菀那句虽然模糊,意义却清楚无误的称呼。

不知道是不是已经入梦,她说的是"爸爸"。

输过盐水的宋菀一觉睡到天亮,醒来浑身轻松。

叶嘉树不在跟前,她的手机也没带来,她穿上拖鞋正准备出去找人,叶嘉树掀开布帘,提着早餐进来了。

粥和馒头热腾腾的,冒着白气。叶嘉树揭了盖子将汤匙递到她手中:"早知道你肠胃这么脆弱,就不带你乱吃了。"

"给你添麻烦了。"

叶嘉树笑了声,闷头咬了口馒头:"……也不差这一回了。"

吃过早餐，两人回旅馆换衣洗漱，叶嘉树说要带她去一个地方看看。

太阳刚升起来，缀在远处树梢上，林间有鸟啁啾，薄雾还没散尽，吹进车窗的风里有潮湿的水汽。

宋菀点了一支烟，手肘撑在车窗上，看着树梢上掠过几只翠羽的鸟。

车开得很慢，绕着满是石子的山路一圈又一圈，头顶天光越发透亮，是在上山。

近一个小时后，叶嘉树把车停在路边，喊宋菀下车。

林间路上一层落叶，踩上去咯吱咯吱地响，带草腥味的清新空气扑鼻而来。夜间似乎下过雨，或是蒸腾作用，叶上还挂着水珠。

叶嘉树走得很慢，宋菀跟在他身后，不问去哪儿。

步行十来分钟，树渐稀少，离山顶越来越近。

"到了。"叶嘉树拨开树枝。

一处巨石的台子突兀生出，立于崖边。叶嘉树一步跳上去，转过身去牵宋菀："站稳了，有点滑。"

山谷对面是层层林海，风生而涛起，风灭而涛落，接近于黑色的绿意一重一重袭来，直至将视野填得满满当当。

叶嘉树在石头上坐下，一腿屈膝，点了支烟，又抬手将烟盒递给宋菀。

宋菀没接，但也坐了下来。

"这是个好地方。"

叶嘉树看她一眼。

"你想过死吗？"宋菀望着一层滚过一层的林海，"……我觉得这里是个好地方。"

"你要是从这里跳下去，我就说不清楚了。"

宋菀笑道："我没那个胆子。听说摔死的人七窍流血，脑浆迸裂，这么丑的死法，我可接受不了。"

叶嘉树微眯着眼，视线越过浓重的绿意再往后看，那被薄雾笼罩的尽头隐约露出城镇的轮廓。有那么一瞬间，他确实想过，如若两人死在这儿，就没人能找到他们了。

"叶嘉树。"

"嗯。"他转过头来，眼底也似染上了浓重的墨绿。

宋菀脸上没有丝毫表情："好好活着吧，你也是，我也是。"风在耳畔回响，说出口的声音被卷进风里，一霎变得遥远，"既然逃避不了，那就好好活着吧。"

"好。"

"……还有，回南城以后，我们不要再联系了。"

没人作声。

"你答应我。"

山风浩荡，似从崖下的山谷里生出，发出闷重的呼啸。

"好，我答应你。"

第七章 私奔

能让他生出扑火之勇的时刻,一生只有这一次。

RAINING IN MY CITY

阶梯上铺着暗红色的织花地毯，一级一级向上延伸，尽头亮着灯的地方传来隐约的谈笑声。

背后有人唤，宋菀停步转身，宋芥三步并作两步赶上来，抓住宋菀的手臂急切问道："姐，你这阵子跑哪儿去了？"

"你管得着吗？！"

宋芥朝尽头处的包厢瞥去一眼，压低声音："我听说你回来了，紧赶慢赶地过来找你。姐，你是不是又跟唐謇谦吵架了？他这会儿带了别的女伴，你别现在上去自讨没趣。"

宋菀冷笑："是怕我自讨没趣，还是怕我扫了唐謇谦的兴？"

"姐，"宋芥勾住她的肩膀想将她往楼下带，"听我句劝吧。最近我工作室来往的那些生意伙伴都要撤了，我听来的风声也说唐謇谦另找了新欢，你别现在去跟人硬扛，先服个软儿。"

宋菀猛地将手臂抽开："没骨气的东西！你倒有脸嫌我姿态难看？"

宋芥讪了半响，讷讷道："我现在到底还能赚到几个钱，除掉平常开销，也能为以后做点儿打算。你迟早要离开唐謇谦，难道以后咱们三个喝西北风去吗？你是不稀罕从唐謇谦那儿捞钱，可他未必感激你高风亮节。"

"姐，"宋芥凑拢两步，"反正都这样了，和顺点能少吃点苦头，要飞也得等翅膀硬了啊。要是唐謇谦好点儿别的，我能想方设法地变着花样满足他。"

"你少说这种废话！"宋菀怄得心口疼，"我就要现在上去，你要么陪我去，要么滚远点，别在跟前碍眼。"说着转身往上走。

宋芥挠头踟蹰片刻，到底跟上前去。

唐寨谦的场子从来不乏名流捧场，今天这地方不对外开放，只有在他那儿过了路的才能进来——这是个私人格斗场。擂台周围搭起了高高的看台，顶层是玻璃包厢，一览无余。

擂台上的两位拳手没做任何保护措施，拳拳到肉，战局正酣，围着看台的一圈小明星卖了命地欢呼尖叫，把气氛煽出一种非理性的癫狂。

开了盘口，有来头的纷纷下注，一掷千金。今日守擂的是唐寨谦千辛万苦培养出来的拳手，没人知道他的姓名，都唤他阿泉。攻擂者与阿泉的赔率是惊人的三十比一，只一晚，便能从这儿走出千万甚至上亿的资金。

到唐寨谦这地位的人，没必要做这种营生，这只是他的爱好——他像那些喜好出没于古罗马斗兽场的君主一般，看着身体健壮的人向金钱和权势低头臣服，这让他有一种掌控他人命运的嗜血快感。

宋菀和宋芥静悄悄地进了包厢，谁也没惊动。

台下本已动弹不得的阿泉忽地再度跃起，将攻擂者一拳击倒，在山呼海啸的尖叫声中，骑坐在攻擂者胸口，照着颅骨一拳一拳砸下。

裁判从不干涉，只有几个专业人员在适当的时候出手制止，确保不会闹出人命。上台的人都签了合同，只要能在阿泉手下撑过十分钟，就能拿到巨额金钱，时间越久钱越多，上不封顶；而倘若击倒了阿泉，在能力之内，唐寨谦能满足任何愿望。这规矩自定下至今，没有人能击倒阿泉，只有无数人从这里被担架抬着出去。

和着人群的欢呼，宋菀也喝了一声彩。包厢里的人都见惯了风雨，自不比外面看台上的那些人，大家在古典乐中品酒交谈，仿佛只在参加寻常的酒会。

这样安静的场合，宋菀这一声喝彩便显得分外突兀。

立即便有人掉转目光去看——姐弟两人沿玻璃墙壁站立，弟弟西装笔挺，风流倜傥；姐姐乌丝绾起，复古装扮，一袭露背红裙，丝绸面料下，曲线合度。

唐骞谦目光微沉，顿了片刻，拄着手杖缓缓朝他们走去。

宋菀转过头来，眼里沉着荧荧的灯光，似笑非笑。

到跟前，唐骞谦伸手将她的腰一揽，紧紧扣住，转身笑着说："阿菀不懂礼数，坏了大家兴致。"

有人起哄架秧，有人阿谀奉承。唐骞谦低了头凑在她耳边："回来也不说一声，我让人去接你。"

"你日理万机，何必打扰？"

唐骞谦拿捉摸不透的目光看她许久，最后只笑着说："以后便听话。"

领来的伴，唐骞谦着人送回去了，自己带着宋菀回芙蓉路。

今晚拳赛结束，阿泉保住了自己不败的战绩，而攻擂那人得了三千万，被人抬出去时还在大口大口呕血。

南城的夜色净得无辜，对一切血腥与罪恶一无所知。

宋菀坐在汽车后座，闭上了眼睛，路灯的光透过眼皮在瞳孔里留下光束，一道一道地飞逝而去。

宅子里打扫得干干净净，早先颐指气使的保姆也跟没事人一般继续上来伺候。

宋菀洗了澡换上睡衣，坐在梳妆镜前往皮肤上涂抹身体乳。

镜子里人影一晃，宋菀抬了抬眼，没有转身。唐骞谦走近，挨着她站定。他腿脚不便，走路特别慢，但绝没有人敢对此有任何不耐烦。

"阿菀，"唐骞谦抬手摸她垂在肩上的发丝，动作分外轻柔，"我舍不得惩罚你，可我总怕你不记事。你年纪太小，凡事沉不下心，要是家里能有什么绊着你，你也不至于做事这么瞻前不顾后。"

"不！"宋菀听明白他话里的意思，霍然起身，挥起的手臂将没合盖的身体乳瓶子扫到了地上，玻璃瓶在木地板上骨碌。

宋菀上前一步抓紧唐謇谦的手臂："唐……唐叔叔，除了这件事，我什么都能答应你。"

"我上回就说过，只要孩子生下来我就娶你，我不怕人笑话，我光明正大地娶你。可是，阿菀，你做了什么？你没经过我同意，私自……"唐謇谦闭了闭眼，再睁开时，眼底依然沉怒，"你不能仗着我宠你就为所欲为。我给过你机会，这回再不能由着你了。"

"可是是你违约在先，你答应过我绝不勉强我为你生孩子……有那么多女人，谁都可以……唐叔叔，我求你了……"她的语气近乎卑微地哀求。

唐謇谦丝毫不为所动，望着她的目光饱含怜悯，仿佛是在看最为愚笨不堪的孩子："阿菀，你为什么觉得现在还有资格跟我讲条件？"他叹了口气，"今后你再想去哪儿，得先经过我的同意。如今想招个称心的人真难，钱给多了也没用，好在多花时间总能招到——明天新来的司机上任，你要配合他的工作。"

宋菀后背僵直，一时喉咙发紧，再也吐不出半个字。

这一晚极其漫长，好似她将八年来的路又走了一遍，路的那头是清水街飞速逝去的时光，路的这头……

这头只有望不见边际的黑暗。

深冬的黎明，是天先黑透了，再从黑透的天色里透出一点亮，渐染开去，一分亮过一分，太阳却迟迟不冒出头，这一整天便又是阴天。

风一阵紧过一阵，宋菀穿着一件墨绿色的开司米大衣，围巾将脸盖得严严实实，上了车也戴着墨镜，没有半刻取下来。新司机是个沉默寡言的中年男人，没什么特别，胜在老实本分，凡所听所见都会汇报,是唐謇谦忠实的一条狗。

这半年来,宋菀见什么人、去什么地方皆不能自己做主,即便是去逛街,也得先同唐謇谦报告,准时准点出门,准时准点回家。

这天宋菀约了傅小莹去南城天河逛街,看上新的秋装。店铺里设了贵宾室,供她们这样的 VIP 客户休息。

上回李妍能知晓她的位置并提前埋伏袭击,自然是傅小莹透露的消息。可事发之后,宋菀却还能若无其事地与她来往,连傅小莹自己都颇觉惊诧。

傅小莹直截了当:"上回李妍那事,是我主使的。"

"我知道。"

"你知道?"

"我知道。无所谓,跟谁逛不是逛?"

"你不问为什么?"

"你想说就说吧。"

傅小莹从头端详,觉得宋菀较之半年前更为憔悴,那时候即便是逢场作戏,也还有一股想把戏做足做全的生气,现在这股生气都没有了,她想到"行尸走肉"这个词。

"我没什么别的想法,只是想欺负你。唐謇谦罩着你的时候,谁敢动你一根毫毛?我嫉妒你,不费吹灰之力就能获得我们拼争半辈子也得不到的东西。"

宋菀像是听见一个笑话:"嫉妒我?"

"一流戏子七流娼,都是下九流,谁能比谁高贵?起码唐謇谦对你是真的。"

"你说是就是吧。"

傅小莹叹了一口气:"……可说来奇怪,真逮着机会欺负了你,我又觉得这事十分没有意思——尤其看你现在过得这样了无生趣。大抵是冷暖自知,真要让我过了你的生活,我也未见得开心。"

红茶渐渐凉了,杯盘里的糕点未动分毫。

宋莞抬腕看了看时间:"我该走了。"

"不再坐坐?"

"唐骞谦晚上要过来吃饭。"

"行吧……"傅小莹站起身,看了宋莞一眼,"终归是我对不起你。以后有什么需要帮忙的,你可以找我,我欠你一个人情。"

电梯将要行到一楼,傅小莹问:"司机送你来的?"

宋莞抬头望了一眼,抓着提包的手指不自觉紧了紧:"……你先下去吧,我去趟洗手间。"

"不用我陪你?"

"不用了。"

电梯门开了,宋莞走出去,转头看着电梯门关上,立马匆匆迈开脚步。她去的不是洗手间,是一楼的寄存处。

在寄存处前,她摸出手机,翻出一条短信,又回头看了一眼,确认没人跟过来,赶紧在键盘上敲下短信里的密码。

咔嗒一声,左侧的一个柜子门打开了。她走过去一看,里面果真放着东西——一个鞋盒大小的纸盒子。

她将盒子打开,愣住——里面是空的。

身后骤然传来脚步声,宋莞毛骨悚然,还没来得及回头,手腕已被人一把抓住,猛地一拽。她的心脏提到了嗓子眼,被那力道拽得脚下趔趄,不由自主地后退,后脑勺撞上一个胸膛。

宋莞猛地回头,一时怔住。

即便戴着口罩、帽子,她也能认出那副清朗而深邃的眉眼。

"叶……"

叶嘉树竖起食指:"嘘。"他拿过宋莞手里的包,不由分说地将她穿的大衣扯下来。

"叶嘉树,你想干什么?"

叶嘉树不说话,脱下自己的黑色羽绒服,整个罩到她身上,再摘了棒球帽扣上去。羽绒服沾着他的体温和气息,大了一号,她被彻底地裹在里面，像是某种屏障。

叶嘉树伸手箍住她的腰，往后退，将她抵在柜子上，低头伸手，低声说："手机给我。"

"你想干什么？你疯了？"

"给我。"他伸手去抓宋菀的手腕。

宋菀使劲挣扎："叶嘉树，把我要的东西给我，你赶紧回去……"他们的身体紧靠在一起，叶嘉树呼吸的气流就落在她的鼻尖上。

"你别动，再动我要吻你了。"

宋菀动作一停，攥在手心里的手机被他抠出去，她的眼泪登时便落下来，所有挣扎的念头连同全身力气一并消失。

"……你神经病。"

叶嘉树不睬她，一鼓作气将手机关了机，再倒出她提包里的钱夹和证件，把剩下的东西连同大衣一并塞进了方才打开的储物柜里。

嗒的一声，按键处吐出一张字条，叶嘉树看也没看，直接撕碎，抓着宋菀的手腕径直往外一拽："走。"

商场西门停着一辆车，叶嘉树按钥匙解锁，拉开副驾驶车门将宋菀推进去。他不顾她的疑问和抗议，将车开离了商业街的范围，再驶出一阵，才把车速慢下来。

"叶嘉树，你把我送回去。"

"我既然把你接出来了，就没打算再送你回去。"

"可是你准备去哪儿？你相信我，我们跑不掉的，你不知道唐蹇谦的手段。"

"管他什么手段，今天我就是要接你走。"

宋菀倾过身抓住他的手臂，低声哀求："叶嘉树，算我求你。我不想把你卷进来，你不明白吗？我想让你好好活着。"

"是你先联系我的，你应该能想到这个结果。"

宋菀气急:"你不管陈斯扬的父母了吗?"

叶嘉树转头看她一眼,反倒笑道:"最坏的结果无非是把这条命搭进去,正好赔给陈斯扬——安全带系上,我要加速了。"

昨天晚上,宋菀给叶嘉树发了一条短信——她的电话卡已经让唐謇谦换掉了,但在回到唐謇谦身边的前一晚,她准备删掉叶嘉树的联系方式时,盯着那行名字,发现号码早已烂熟于心。

如果可能,她这辈子也不想联系叶嘉树,可唐謇谦看管得严,她没有可以相信的其他人,叶嘉树是走投无路下的唯一选择——赶在唐謇谦发现她怀孕之前,她必须将这个隐患解决掉。

她拜托叶嘉树弄来药,存放在南城天河的寄存处,把储存柜的号码和密码发给她。她没想到的是,叶嘉树竟会直接做出将她劫走的举动。

车驶离了南城的市中心,往北驶去,上了高速之后,宋菀便彻底无法辨别方向。

"你没想过我会这么做?"

"没有。"

叶嘉树看她一眼:"撒谎。"

宋菀将窗户打开,外面寒风猛地灌入,吹得人睁不开眼,便又立即将其关上,她听见叶嘉树笑了一声。

宋菀转头看他:"你准备去哪儿?"

"不知道,走到哪儿算哪儿。"

"我不知道你会这样幼稚。"

"我也不知道唐謇谦的监视竟然这么松懈。"

"他料定我不敢逃。"

"为什么?"

宋菀不吭声。

叶嘉树眼底渐渐泛起笑意,追问:"为什么?"

宋菀没好气:"你说为什么……"

"因为我,是不是?"

"你闭嘴吧。"

叶嘉树笑起来。

高速路上车流稀少,天色昏沉,窗外北风呼啸,路两旁的田野一望无际,视野尽头是一整排树木,房屋变成了一个个不可及的黑色小点儿。

天快要黑了,汽车前灯亮起来,他们在未知的黑夜里驶向未知的路,这让她感觉到从未有过的安全。

她身上裹着厚重的衣服,在车内空调喷出的暖风里昏昏欲睡,一切都温暖得不真实。

叶嘉树伸出手来,抓住她指骨伶仃的手,用力地攥住。

无须分辨那究竟是一种怎样的感情。

在分开的这半年里,他无数次绕过芙蓉路,看着那宅子里灯火通明,想象宋菀的身影会出现在哪一扇窗户前。

他践行临别的承诺,也努力相信宋菀同样不会违约。

要好好活着。

可是倘若她活得不好,她向他发出求救的信号,他如何能够坐视不理?

无须分辨那究竟是一种怎样的感情。

爱情也好,不是爱情,仅仅是两个同类同病相怜也罢。

能让他生出扑火之勇的时刻,一生只有这一次。

第八章
雪之下

这样雪光如昼、星辰低垂的夜晚,值得她死去一万次。

RAINING IN MY CITY

雪落在屋顶，在万籁俱寂时，从压垂的松树枝上啪的一声砸下碎成一朵花。

雪光将傍晚的屋子照得很亮，柴在炉筒中毕毕剥剥地燃烧。他们围炉而坐，火光照在眼中，像黑夜的清潭里升起一轮月亮。

那天叶嘉树和宋菀从南城逃离，车往北开，不知道开了多久、经历了几个昼夜、换了几条路，直到远处出现雪之下毛茸茸的房子，黄昏的炊烟里能听见狗吠，宋菀说："我们停下吧。"

他们租下一栋房子，水泥砌的平房南北通透，带一个堆满了柴火的院子，离市镇也近，开过去不过两个小时。他们住下，添置一些御寒的衣物，每周一去镇上买来新鲜的鱼和蔬菜，有时候有新做的豆腐，那么这日的菜单里便有豆腐鱼汤。

日短夜长，雪仿佛终年不化，时间变成了一个模糊的概念。宋菀不知道自己在哪里，也不想知道是地图上的某一个点，还是地图上都没有标记的某一个点。

不下雪的时候，叶嘉树会裹上厚厚的大棉衣，跟村里的男人去冰湖凿冰捕鱼。他一去半天，回来时拎着一铁桶的鱼，脸让寒风吹得通红，身上却腾腾冒着热气。

那些鱼他们吃了好几天，只留下了两条，养在铁桶里。青灰色的鱼，不知道是什么品种，有时候一动不动像睡着了，有时候又突然扑腾起尾巴。

早上七点，叶嘉树起床，掰了点儿饼干屑丢进铁桶里。宋菀卧室的房门是打开的，屋里没人，他走出去，发现她在院子里。

他们堆在院子里的雪人的鼻子不知道什么时候被撞歪了——叶嘉树猜想应该是隔壁的大黄狗干的。宋菀正蹲在雪人跟前，把胡萝卜扶正。

"什么时候起来的？"

"刚起。"

叶嘉树跟着走过去，蹲在一旁，在清寒的空气里点燃一支烟。

"方才隔壁的陈阿姨路过，跟我说过几天又要起风，还有一场暴雪，到时候去城里的路可能会被封上，让我们赶紧囤点物资。"

叶嘉树点头："行，早饭吃了就去。"

"……还有，我想去趟医院。"

叶嘉树顿了顿，低头看她。院子外远方雪山重重，太阳刚从云层里露出来，洒着很淡的光，她侧脸的轮廓染着浅金色的绒边。

"……也不是一定得做手术。"

"留着做什么呢？总会让我想到唐寒谦。唐寒谦要是以为我生下孩子就会彻底对他俯首帖耳，我只能说他做梦，我绝不会生下一个不被爱的孩子。"

她抓了一捧雪，把雪人的鼻子固定，用力拍紧。她手指上的指甲油已经剥落了，指尖让雪冻出好看的浅粉色。

在市里的正规医院，宋菀做过检查，很快便能安排手术。

手术那天早上，叶嘉树开着车将宋菀送到医院。此前他提议陪宋菀去，被拒绝了，然而他还是不放心让她一个人，便说："还是我陪你去吧。"

"真的不用，我没跟你说过吗，不是第一次了，我熟门熟路。"

叶嘉树一怔，瞧她笑得很无所谓，心里窝火，停了车便不由分说地将她的手臂一拽。

"叶嘉树，你撒手。"

叶嘉树不为所动。

宋菀笑着说:"你陪我去,到时候医生、护士免不了给你脸色看,孩子又不是你的,要当这个冤大头吗?"

她只是想开个玩笑,然而叶嘉树低下头来看着她,那目光看得她的笑意霎时凝滞。他的手没有抗拒余地地扣住了她的手指,触到体温,她才发觉自己的手是彻底冰凉的。

直至宋菀被推进手术室,叶嘉树遭受了无数白眼。医生、护士见惯了这种情况,懒得说一句废话,鄙夷却是摆在明面上的。叶嘉树不觉耻辱,只是痛心。

来来去去的脚步声搅得人心烦,他起身下楼,在外面点了一支烟。

草地上的雪被无数脚印踩得湿泞不堪,空气里有一股湿重的气息,叶嘉树抬头看大楼招牌上缀在医院前面的那个地名。

此前,他有这样一种错觉:如果他们自己都不知道自己在哪儿,那么便没有人会知道他们在哪儿。而此刻,当他刻意回避却还是知道了自己身在何处时,这一个月来被他抛诸脑后的阴影,又如整装完毕的敌人朝他奔袭而来。

他绝对相信宋菀说的话:以唐塞谦的本事,找到他们是迟早的事。

估算着时间,叶嘉树回到手术室门口。没等多久,手术结束了,宋菀被推出来,进了观察室。

她本就肤色白皙,这下更是没有丝毫血色。她较劲似的一声不吭,只在视线触及叶嘉树时,很是勉强地笑了笑。

叶嘉树搬来一张凳子坐下,将她的手指攥入手中:"晚上想吃点什么?还是喝鱼汤?"

"好啊。"

"你睡一会儿,我叫你。"

"好。"

他帮她掖好被子,看她闭上眼,将沾在她额头上的碎发拨开，倾身往前，嘴唇轻轻地碰了一下。

宋菀睫毛一颤，但没有睁开眼。

下午，车开回村里。

宋菀裹着厚重的衣服躺在后座上，车里暖风开得很足。麻醉过后，疼痛连绵不绝，与混沌的意识和疲劳对抗。

叶嘉树怕吵着她，没开音乐，嘴里衔了一支烟，也没点燃。

沿路堆着雪，灰色的路向几乎没有尽头的远方延伸，开上半小时也不会碰上第二辆车，仿佛天地间只剩下他们自己。他们在慢慢沉落的太阳下，奔向一个几乎纯白的世界。

抵达住的地方，叶嘉树将宋菀从后座抱下来，推开院子门进屋。

灯一盏一盏亮起，火也生起来了，柴火毕毕剥剥地燃烧，两条鱼撞着铁桶壁发出闷响。宋菀躺在床上，听见这些声音，觉得自己总算再度活了过来。在闷重的疼痛和疲累中，她终于合上眼睡着了。

宋菀一天一天恢复，入冬以后的第三场雪如约而至。狂风吼叫了一夜，第二日醒来，雪堵得门都无法推开。

好在他们提前做好了准备，物资充足，室内安全得像个堡垒。

宋菀穿着厚毛衣，站在窗前往外看，积雪把所有景物都连成一片，突起的屋顶像一个个膨胀的大白馒头。

吃过早餐，宋菀洗了一个澡，侧坐在火边擦着头发。脸皮让火光照得发热，她退后了些，往叶嘉树那儿看去。

"你在做什么？"

"下象棋。"他们翻遍了这栋房子，除了看电视，这是仅剩的娱乐方式。

宋菀把椅子拉过去，凑拢去看。

"我一直挺好奇，"宋菀说，"我没听你提过你父母。"

"我妈在我小学四年级的时候就去世了,肝癌。"叶嘉树将了自己一枚棋,"我爸后来再婚了,没维持几年,又离婚了。后来他去了菲律宾,跟一个当地女人结婚,生了好几个小孩儿。现在过得怎么样我也不知道,好几年没见了,他很少给我打电话。"

宋菀沉默着。

"他对我很失望。读初中的时候,我不好好学习,非要玩什么摇滚,他打了我很多次,我都屡教不改,他就懒得管我了。"两枚棋子被他捏在手里,换来换去地玩,"……我妈是小学老师,我的名字就是她起的。陈斯扬说,我这个人配不上这个名字。"

"我不觉得。"

叶嘉树低头看去,宋菀眼底含笑,她说:"要这么说,我也配不上我的名字。"

"我也不觉得。"

两人都笑起来。

门被雪堵了三天,最终叶嘉树从窗户翻出去,拿铁锹把雪铲干净。他揉了揉门,宋菀将门从里面打开。

"你要不要出来呼吸一点新鲜空气?"

"我怕冷。"

"不冷,没刮风。"

宋菀戴好围巾、手套,穿上防水的棉鞋,从屋里走出来。积雪松软,一踩便陷下去一个坑。他们停在院里的车被掩盖了一半,叶嘉树站在车边朝她招手:"过来。"

等宋菀走到近前,叶嘉树忽地将她拦腰一抱,宋菀赶忙伸脚急蹬,慌里慌忙地爬上了车顶。

叶嘉树紧跟着爬了上去,在她身旁坐下。她怕摔下去,还维持跪着的姿势。

叶嘉树圈住她的腰:"别怕,你摔不下去的。"

两人都坐正，视线越过院子的围墙，瞧见一片茫茫无际的白，很远的地方有模糊的昏黄色光点，应该是哪家点上了灯。

宋菀说："我其实很讨厌冬天，南城的冬天雨下个不停，又冷又潮湿。"

叶嘉树低头去看她，雪光映在她眼里，黑色的眼瞳清而明亮。自初见时他就发现她有双极其勾人的眼睛，她望着他的时候，他能看到一种清澈的欲念。

"……现在我倒希望这场雪下得再久一点，最好永远都别停。"

"那不行。"叶嘉树笑着说，"再下雪我们就要断粮了。"

"还有两条鱼呢，煮了吃掉，然后我们就听天由命吧。"

"那也不行。听说这儿的春天很美，冻湖化了，山变绿，羊也出来吃草；小孩儿放风筝，风筝线几百米长，飞到天上就看不见了……"叶嘉树伸手，将宋菀搭在膝盖上的手拿过来，用力地握住，"我还想跟你一起看看。"

宋菀从前不觉得开心是这样简单的一件事：看鱼昏头昏脑地撞上铁桶，她会笑；叶嘉树把菜烧煳了，她会笑；看着窗上冻出的冰花，她会笑；就连有时候在躺椅上打盹醒了，看见炉子里跳动的火焰，她也会笑。现在听叶嘉树描述那样一个清新的春天，她同样笑了，说："好啊。"

"你冷不冷？"叶嘉树侧过头去看她。

"不冷。"她微微缩着脖子，衣领上的白色绒毛让轻轻拂过的风吹得微微晃动，"……你还记得我们第一次见面吗？"

"嗯。"

"那时候觉得你这人长得还不错，但闷头闷脑的，很是没趣。不过经历了这么多事，我开始相信你是玩摇滚的了。"

叶嘉树笑着说："这是夸奖？"

"当然是啊。"

"那你现在觉得开心吗？"他认真地看着她。

"我原本以为我会在那个笼子里过一辈子。"宋菀微笑,屈腿抱住膝盖,想象春天的风已经吹化了雪原,他们开着车行驶在一望无垠的平原上,风滚着绿色的海浪,一层一层涌向更高的天际。

"坐稳了。"叶嘉树忽地站起身,积雪跟着晃动,吓得宋菀赶紧伸手往身侧一撑。

叶嘉树弯腰,团起一个雪球,朝院子门柱上方砸去。那里挂着一个红灯笼,他们租下的时候就有了。雪球擦着灯笼划过,落在地上。叶嘉树又团了一个,这回砸中了,雪球在灯笼上撞得粉碎,四下散落。

宋菀眯着眼抬头去看叶嘉树,他的头发许久没修剪,有些长了,额前发丝落下来,半遮住了眼睛。年轻男人的皮肤被雪色映衬得十分干净,也因此显得眼眸极黑,有一种毫不世故的无辜感。她心里有一种很奇异的感觉,仿佛一夜间回到了少女时期。

那时候的清水街,除了她,还有一个姓许的少年。她记忆中的少年面目已经模糊了,只记得他打球时让汗水濡湿的黑色头发,身上热腾腾的气息。她坐在他的自行车后座上,在他故意将把手拧得歪歪斜斜时,尖叫着搂住他的腰。他懒洋洋地斜靠在巷口等她,扔过来一瓶还温热的牛奶,他的发梢被睡出不驯服的弧度。表达是很笨拙的,她已经记不得那些言辞了,只记得从学校到巷口,一路上手心里蓄满了汗水。

这些年来,她有意从不回忆这段往事,时日长久,也便如真的忘了一般,再也不会在心底掀起半分波澜。可最近她越发频繁地觉得,叶嘉树的身影逐渐与她那段戛然而止的回忆中的男主角重叠。

"叶嘉树。"宋菀伸手捉住晃在眼前的衣角。

"怎么了?"

叶嘉树回头,脚往后撤,忽地一滑,身体整个往后栽去。宋菀一声惊呼,看他倒栽葱一样摔了下去,也立马扶稳了跳下车。

叶嘉树陷在积雪中，砸出了一个硕大的坑，雪盖了一头一脸。

他笑着朝宋菀伸出手："拉我一把。"

宋菀立马伸出手去，谁知叶嘉树猛一用力，反将她拽得失去平衡。一个趔趄，她摔在了叶嘉树的身上。

她的手撑在叶嘉树的胸膛上，意图站起来。一条胳膊环住了她的腰，往下一摁，那力气几乎难以反抗。

她的身体便又往下一倾，脸凑得更近，四目相对。

雪之下的遥远北国，只有绝对的寂静，唯一的声响是两颗跳动的心脏，充满了鼓噪不安，像要冲破桎梏一般，跃上苍穹又坠入深渊。

几乎没有迟疑，她低头，碰上他的唇。

这是一个几乎仅限于轻触的吻。

可是这样激烈的喜悦，值得人死去一万次。

天开始放晴，夜里常听见挂在檐下的冰凌融化落在地上的声音，或是屋顶上的雪水一滴一滴敲击水泥地面的声音。

化雪天冷得出奇，宋菀实在不愿出门，但拗不过叶嘉树的再三坚持，只好将自己裹成一个"粽子"上了车。

"我现在对你有了新的认识。"叶嘉树说。

"怎么说？"

"以为你优雅精致，事实上懒散又邋遢。"

宋菀咯咯笑："你不知道我是演员吗？我还演过戏的，在很老的一部片子里演女四号。"

"为什么没继续当演员？"

"多累啊，平常演得就够多了。"

"你在芙蓉路的宅子里确实演技一流。"

"把自己活成另一个人好受点。"

"但要我说的话，我还是更喜欢你懒散又邋遢。"叶嘉树顿了顿,"我说没说过我喜欢你?"

"没有。"

"那就不说了,你知道就行。"

宋菀快要笑疯了,伸出手将电台广播打开,又开了车窗。

广播里在放一首歌:

> 谁知道爱是什么
> 短暂的相遇却念念不忘
> 用尽一生的时间
> 竟学不会遗忘

叶嘉树转头看去,宋菀枕着双臂趴在车窗上,风把她的发丝吹乱,她跟着旋律哼唱,他忍不住微笑。

被大雪困了很长时间,补充物资是当务之急。这天镇上的集市也很热闹,摊贩一人比一人吆喝得响亮。

叶嘉树知道宋菀不喜欢市场上脏乱的环境,于是让她在旁边的一家奶茶店里等着。他将买好的东西都塞进后备厢里,再折返回去找她。

宋菀没在室内,坐在奶茶店外遮阳伞下的藤椅上,捧着一杯热饮,望着来往人群,显出几分百无聊赖。她即便未施粉黛也有一种令人无法错目的好看,来往的小伙子要是不小心与她的视线对上,立马害羞得掉转头去,她自己反倒笑起来。

叶嘉树隔街见她玩得不亦乐乎,欣赏片刻才走过去。

结了账,叶嘉树将她的手挽住,往停车的地方走去。宋菀同他讲方才发生的事,他点了点头,忽地停下脚步,猛然回头。

"怎么了?"

叶嘉树没说话,微拧着眉,瞧着两个穿黑色大衣的人正在横穿马路，这两人似乎是从奶茶店的隔壁走出来的。两个人的手插在兜里，低着头没有交谈，步伐一致，看似行色匆匆。

"怎么了？在看什么？"

叶嘉树摇头，手指收紧："走吧。"

因起得太早，宋菀上车没多久就睡着了。

叶嘉树把车开得比往日快了一些，在驶出十多公里时，他瞧见后视镜里出现了一辆车，黑色的，没挂牌照。

那车一直跟着他，既不靠近，也没被落下，而在距离住的地方还有五六公里的时候，那车忽地转弯，拐进了旁边的一条岔路上。

叶嘉树松了口气。

回到住处，叶嘉树把屋子稍稍打扫了一下，宋菀则拿着新买的鱼食去逗铁桶里的鱼。

叶嘉树说："水过几天得换了。"

"好。"

晚上邻居大妈过来串门，送了一大盆的鱼冻。宋菀投桃报李，让叶嘉树拿出白天在市场上买的干贝回赠给大妈。两人聊了起来，一人讲自家女儿不争气，一人讲练芭蕾又苦又累，明明两个频道，却聊得热火朝天。末了，大妈问宋菀想不想在这儿定居。宋菀笑着说，得听家主的意见。

家主正在苦哈哈地剥晚餐要吃的青豆。

吃晚饭的时候，叶嘉树提起这一茬，问宋菀想不想在这儿定居。

"如果你愿意的话，我都行。"宋菀舀了一勺叶嘉树辛苦半天的劳动成果，"我想好了，要是住下来呢，我们可以去镇上找点事儿做……要不开工作室吧！我教舞蹈，你教吉他。"

"行啊，就是还缺少启动资金。"

"那简单啊，你从冰湖里多钓几条鱼，咱们去集市上卖；或

· 106 ·

者干脆你卖艺吧,吉他弹唱,这个来钱比较快。"宋菀说着,自己都笑了起来。

叶嘉树也笑道:"那要攒到猴年马月?"

"不着急呀,我又没什么格外需要花钱的地方,吃饱穿暖就够了。"

"那我不一样。"叶嘉树煞有介事,"除了吃饱穿暖,我还必须要时刻看见你。"

"叶嘉树,你这人居然有点油嘴滑舌。"

叶嘉树笑着说:"男人不都这样?"

吃完饭,叶嘉树让宋菀去外面车顶上坐着,自己则神神秘秘地又窜回了房间。

宋菀晃腿坐在车顶上看了会儿星星,然后看见叶嘉树走出来,手里还拎着一把吉他。

"你什么时候买的?"

"上午,看见有家乐器店,顺手就买了。"叶嘉树提着吉他,蹿上车顶,"给你唱首歌。"

他扫了扫弦,指尖淌出一串音符:"词是陈斯扬写的,我作的曲,叫《南城走马》。"

他低下头,在盘旋许久的旋律中缓声开口:

你厌倦可有可无的生活
十楼房间的闹钟
惊扰宿醉的狗
你在这里没有家
只有梦与哀愁

你的青春荒城走马
你说你要天

你要地
要青草肥沃
你还要狂野的风和自由

可你只是一匹瘦马
奔过黑夜
奔过白天
奔过收破烂的老头儿
和姑娘的窗下

宋菀双手撑在身侧，身体往后倒。她第一次听他唱歌，歌声仿佛有一种奇怪的魔力，让她看见万千星辰都向她倾来，一颗一颗砸在心上。

宋菀把头靠在叶嘉树的肩膀上，抬眼看着他侧脸的轮廓，他垂眸弹唱的模样的确值得年轻的女孩儿为他而死。她已不再年轻，可在这样雪光如昼、星辰低垂的夜晚，值得她死去一万次。

第九章

风和自由

她要这黑透的天地，
要狂野的风，还要自由。

叶嘉树睡眠浅,一丁点儿的声响就能将他吵醒,况且他今晚睡得并不踏实。半梦半醒间听见一声模糊的汽车鸣笛,他悚然清醒,立即起身。

屋里静悄悄的,他穿上衣服,揣上手机和手电筒,轻手轻脚地出了门。

走出院子,往右拐,通往市镇的路上,一辆车亮着近光灯。

叶嘉树眯眼瞧了瞧,片刻,朝着那车走过去。

近光灯熄了,车门打开,一个人走了下来。月光把雪照得很亮,下车那人拄着手杖,微微佝偻着背。

叶嘉树在离他两米左右时停下脚步,神色十分平静:"好久不见了,唐总。"

唐寒谦并不接腔,凝视着他,面沉如水。

叶嘉树说:"天已经晚了,就别打扰宋菀休息了,我们之间的事,我们单独解决。"

早知这一天会来,他一点也不意外。自白天怀疑有人跟梢开始,他就清楚这里已经不平静了,只是没想到唐寒谦竟会急迫如斯,连夜赶来。

夜半起了风,刮得叶嘉树的衣角猎猎作响:"我听说唐总有一条规矩。"

唐寒谦挑了挑眉:"你倒是有几分胆色。"

"唐总,你敢不敢赌?我要是能打过阿泉,你放宋菀自由。"

唐寒谦不怒反笑:"我这条规矩订立至今,挑战者众多,都是有去无回,你仔细掂量掂量。"

叶嘉树站得笔直:"贱命一条,不值一提。"

"成啊,我现在就叫阿泉备下场子。"唐蹇谦转身,做出个请人上车的动作,"请吧。"

南城春寒料峭,风打着旋儿地卷起地上的枯叶,整个一条巷子黑魆魆不见半点灯火。叶嘉树背靠着墙根等了许久,巷内终于荡起脚步声。

叶嘉树起身,望见巷子里匆匆奔来一人。

他的手揣进衣服口袋,还没开口,季雪就先一步连珠炮般质问:"叶嘉树,你是什么意思?两个多月联系不上,伯母天天找我打听行踪,你做事情能不能负点责任?"

叶嘉树沉默。

季雪的胸膛起伏剧烈,怒火烧得她无法理智分毫,尽拣着最难听的词句往外迸,然而叶嘉树的沉默让她这些话似都砸进了海绵里:"你倒是说话啊!"

叶嘉树揣在衣服口袋里的手拿出来,朝她伸去:"卡你保管好,里面是我所有的钱。我不想这么晚打搅陈斯扬的父母,劳你帮我转交,卡的密码是陈斯扬的生日。"

季雪惊愕,一时间被一种难以言明的恐惧攫住:"……你什么意思?"

叶嘉树侧过身去,从口袋里掏出烟盒,抖出一支烟衔住,低下头朝打火机喷出的火苗凑拢。风搅得火苗抖了抖,他伸手挡住,终于点燃。

他低声说:"伯父伯母不是你的责任,你不必把自己的一辈子绑上去,以后过自己的日子去吧。"

那烟雾是一种冷却之后的灰蓝色,被风吹得荡开,只有火星亮起的时候,她才能瞧见叶嘉树的表情。他脸上没有分毫表情。

"叶嘉树，你说清楚，你是什么意思？"

叶嘉树顿了片刻，终是向她投去一眼："我要去做一件事，多半有去无回。"

"你……你想去做什么？叶嘉树，陈家的事情你准备撂挑子了吗？"

"你不是一直恨我害死了陈斯扬吗？正好……"

"你如果不是为了陈斯扬去死，算什么偿命！"

"……那就没办法了，只能将就，我到地下再去跟他赔礼道歉。"说完，他便要走。

"叶嘉树！"

叶嘉树顿住脚步。

季雪眼中模糊，叶嘉树的身影在她眼里摇摇欲坠，她说不出话来，像被尘封的往事一把掐住了喉咙。

她想起当年还是三人在一起的时光，她无法控制自己将视线从陈斯扬身上移开，转而看向这位主唱。

那时的叶嘉树还不似现在这般颓然而泯然，他身上有一种锐利而张扬的气质，并非愤世嫉俗，只是不愿与世界和解。每一次演出，台下年轻女孩儿撕心裂肺地喊他的名字，他偶尔将视线投到台下，但事实上谁也不在他的眼中。

她总会想，这世上会不会有这样一个人，能让这位主唱高看一眼？他也会有为了女人奋不顾身的一刻吗？

有许多词形容，心猿意马、见异思迁……或是别的什么。她不至于卑劣如斯，她选择同陈斯扬坦承自己变心，她也想坐在台下呐喊，作为那些依稀面目中的一员，即便得不到任何一个四目相投的注视。

没想到在与陈斯扬摊牌之前，陈斯扬刚与叶嘉树因意见不合大吵了一架。陈斯扬承受不住双重的打击，当晚喝得酩酊大醉，也因此葬身火海。

这件事，她谁也没告诉，三年来守口如瓶。她十分清楚，自己才是导致陈斯扬殒命的真正元凶。

她的余生都将活在永远的悔恨中，只是她不像叶嘉树，她不敢忏悔。

叶嘉树等了片刻，没等到下文，于是举起手臂挥了挥，权当告别，而后迈开脚步。

"叶嘉树！"

走出去老远的叶嘉树顿步回头，隔着南城的夜色，季雪面目模糊。

她的手按在心口，颤声高喊："我一辈子都不会原谅你！"

一辆车呼啸而过。

季雪再抬头时，对面的人已经转过身去，变成一道模糊的影子。她稳稳地站住，没有哭，一直也没有哭。

叶嘉树自小就生活在南城，但依然觉得自己对这座城市知之甚少。尤其这些年，年少时窜过的那些旧巷子一条一条消失，高楼大厦拔地而起；后来老树也被砍了，变成了一座座钢铁森林；旧识越来越少，朋友或远游，或立业成家。

这里是故乡，他却越来越像一个过客。

西街后年也将拆迁，很多户人家都搬走了。他绕回小时候自己的家，瞧见窗户外面挂着厚重的蜘蛛网，大抵后来的住户现在也已经不住在里面了。

他在西街的街头买了豆浆和包子，吃得浑身发热，然后出发去找叶瑶。

叶瑶对他消失许久之后又骤然出现既惊又喜，抓着他的衣领痛骂半天，然后呜呜地哭了出来："你是不是有毛病？电话电话打不通，家里家里没人，我还以为你死了！可是也没人报丧，好让我替你收尸。"

两人爬上高高的台阶，在顶上一级坐下。往下看，沿街都是枝丫光秃的树，灰色的天，灰色的人，春天还很远。

叶瑶把脑袋靠在叶嘉树的肩膀上："叶哥，跟我说实话，你这一阵跑哪儿去了？"

"跟宋菀私奔了。"

"真的假的？玩得这么浪漫？那你还回来干啥？钱花光了？"

"来跟你正式告别。"

叶瑶一顿，抬起头去看他："你跟她要搬走了？"

叶嘉树语焉不详，嗯了一声。

叶瑶笑了笑："陈家的事你不管了吗？"

"你不是一直不让我管吗？你说得挺对，人得自私一点。"

叶瑶嘿嘿笑："你总算说了句人话。"

"以后我管不着你了，你自己对自己负责。"

叶瑶没接腔，把带着的双肩包拿到前面来，从里面翻出一本书，重重砸在叶嘉树的膝头上："我现在在学这个。"

叶嘉树低头瞧一眼，笑着说："学英语？挺好啊。跟你那男朋友分手没？"

叶瑶撇撇嘴："早分了，我现在沉迷学习，无心恋爱。"

叶嘉树笑着说："那我也能走得放心一点。"

"你只是搬走又不是死，说得好像以后就见不上了一样。"

"……以后好好保重。"

"知道啦，真啰唆。"

叶瑶不舍地与他就此道别，想将这一次别离延伸得更久一些，她便又将头靠在他的肩上，轻声说："那时候你多风光啊，那么多姑娘为你要死要活的。我总想，到底谁会是那个人呢？"

叶嘉树笑一笑，将目光投向远方："你现在见着了，一点也不风光。"

"爱情嘛，不就是这样狼狈？要是太体面了，还怎么叫爱情？"

· 114 ·

"狼狈和卑躬屈膝有本质区别。"

叶瑶伸肘轻轻撞了撞他的腰,不满道:"你又借机教训我。我知道了,以后会擦亮眼睛,认准那个人的。"

"到时候跟哥报告好消息。"

叶瑶嗯了一声,感觉眼泪要落下来了,立马松开手站起身:"……不说了,我还要去上课呢。你……宋小姐呢,你没跟她一起吗?你们怎么走,初步计划去哪儿?"

"我在南城还有一点事,处理完了再走。"

"走之前给我打个电话啊。"

"还是不了吧,受不了你哭哭啼啼。"

叶瑶喊了一声。

叶嘉树笑了笑,再次郑重地嘱咐:"保重。"

"知道啦——那我走啦。"

"你先走吧,我再待一会儿。"

叶瑶看他最后一眼,拉了拉背包的带子,转过身去,踢着台阶,一步一步往下走。

快走到底了,她蓦地停下脚步,回头去看。

灰青色天幕下,叶嘉树站立的身影像一面招展的旗帜。她心里突然鼓满了异样的情绪,一种冲动想让她跑回去抓住他,否则他将会被风卷走。

但最终她什么也没做,转过身去向前走,一次也没有回头。

字条被叶嘉树钉在门后,进出都能瞧见。

那天早上她起床,里里外外一片寂静,她找了个遍,没找到人,只找到了一张字条。

"临时有事,急回南城一趟,等我回来,最多三天,记得给鱼换水。"

少了一个人,家里骤然变得冷清。宋菀没人说话,就去隔壁串门。上回送鱼冻的大妈热情好客,她一大早去,被留到深夜才回来。

大妈的二女儿今年念高一,英语不大行,寒假作业还没做完,急得眼泪汪汪。宋菀自然不忍心,一下午都在辅导英语,刚开始只是单纯辅导,后来就变成了代做作业。

等夜已深沉,她回到家里。叶嘉树自然还没回来,屋里火也没生。她走到院子里往南望,夜色寂静,星辰低垂,她哼起歌,是那首《南城走马》。

"可你只是一匹瘦马,奔过黑夜,奔过白天,奔过收破烂的老头儿和姑娘的窗下。"

第一天就这么过去了。

第二天早起,给鱼换了水,又生起火。宋菀熬了一锅鱼汤,配一碗大米饭,吃得浑身发热,坐在炉火边打盹。

下午她开上车去市镇,想着菜还够吃好几天,就没进菜场,因为厌恶那里脏乱差,只在花店买了一捧洋桔梗。冬天的鲜切花很贵,她付账的时候有一点肉疼,想着等开春之后,得想办法挣钱了。

开车回家的路上,她经过一棵模样怪异的树,停下来欣赏了半天才往回走。今天出了太阳,照在手臂上光灿灿的,只是气温还很低,更甚于下雪的那几日。

回到家,她把花插进洗净的水壶里,摆在餐桌上。她给鱼喂了食,学叶嘉树自己跟自己下棋,夜里听见雪融化的声音。

这是第二天。

第三天,宋菀搬出叶嘉树的吉他,坐在院子里捣鼓。小时候学过小提琴,都是弦类,摸索一会儿就上手了。她按出几个和弦,唱的是那天在车上听见的歌。

隔壁读高一的小姑娘许是听见了歌声,牵着一条大黄狗过来串门。那狗被养得油光水滑,在院子里撒丫子乱跑。

· 116 ·

她教小姑娘弹吉他，小姑娘没有基础，学了两下就没耐心了，她便开车，载着小姑娘往前开。小姑娘指着远处告诉她，那是湖，那是马场，那是村里最有钱的人家。等雪深难行的时候，她就往回开。

晚饭她在小姑娘家吃的，都是大鱼大肉。吃完了，她们去打雪仗，大黄狗跑得比谁都快。

这是第三天。

宋菀开始觉得不安，即便她看到字条就开始隐约担忧，但她选择了相信叶嘉树。他是重诺的人，不会无故违约。

这一晚入睡她心事重重，睡得也不踏实，做了很多零散的梦，夜里醒来好多次。

清晨醒来，叶嘉树依然没回来。

外面出了太阳，积雪反射浅橙色的光，宋菀把鱼提到院子里，想让它们也呼吸点儿新鲜空气。

这时候，她听见院子外面传来汽车行驶的声音。她一怔，心中狂喜，发足狂奔，腿绊倒了桶，鱼跌出去，在雪地上乱蹦乱跳。

宋菀看了一眼，来不及处理，飞快奔到院子门口。

一辆黑色轿车，那车牌她认识，化成灰她都认识。

一股寒意自脚底生起，她顿时觳觫，往后退，再往后退。她慌乱地将门关上，下闩。

门外唐骞谦声音沉沉："阿菀，这门拦不住我，你自己出来。"

宋菀背靠着门，大口大口呼吸，大脑转得飞快。怎么办？该怎么办？

那拄着手杖的脚步声越来越近，越来越近，最终停了下来，只与她一门之隔。

"阿菀，开门。"

宋菀屏住了呼吸。

"姓叶的不会来了，我是来接你回家的。"

宋菀心脏一沉："你把叶嘉树怎么样了？"

唐謇谦一声冷笑："阿菀，你不奇怪这么偏远的地方，我是怎么找到你的？这还得感谢姓叶的，是他告诉我的。"

"你放屁！"

"多少年了，你还是改不掉这个天真的毛病。我给了姓叶的三千万，他毫不犹豫地把你出卖了。"

"你放屁！"

"阿菀，开门。"唐謇谦声音渐厉。

片刻，响起猛烈的撞门声。剧烈的撞击自门板传至她的后背，她觉得那似乎是什么钝重的东西在捶打她的心脏，一种痛且想作呕的感觉。

雪地里那两条鱼扑腾着，扑腾着，终于不动了。

唐謇谦将宋菀带回了自己最近常住的高层公寓，着人二十四小时看守。

自被拖上车起，宋菀便如死了一般，一言不发。他所有的好声好气，都像对着一具没有感情的雕塑。

近日事务繁忙，他暂且将此事按下，出了几天差，回到公寓，便见宋菀坐在椅子上，一动不动，像泥塑一样。

唐謇谦怒火顿生，拄着手杖，拖着腿飞快走过去，将她自椅上拽起，径直扔到床上。他的身体覆压而下，她终于挣扎起来，尖叫着后退，脚蹬在他的肚子上，狠狠一踹。

唐謇谦额上冒冷汗，虽吃痛但丝毫未退，拽着宋菀的手臂将她拉起，一巴掌抽过去。

"宋菀，不要一次一次挑战我的底线。"

宋菀怒目圆睁，冷笑道："你有什么底线？背信弃义就是你的底线。"

唐骞谦捏住她的下颌:"你再说一次!"

"你有哪一次说话算过话吗,唐骞谦?我说不要强迫我,我需要时间,你答应了;我说我厌恶你在桐原路的房子,至少别再让我去那儿,你答应了;我让你别再折磨我,你答应了;我说我可以听话,但你别逼着我给你生孩子,你也答应了……这么多事,哪一件你做到过?!"

"是你总挑战我的耐心。"

宋菀看着他,毫不畏惧地与他对视。

这时候,唐骞谦的电话响了,他顿了顿,掏出手机看了一眼,是重要的公务电话,不得不处理。

"你乖乖待着,哪儿也别想去。"

公寓设备齐全,看守的人准时送来一日三餐,但不准宋菀离开半步,亦不准她与外界联系。

唐骞谦忙了整整一周,才抽出空去探望宋菀,因为听看守的人说她在绝食。

他按密码打开公寓的门,里面一片漆黑,他侧头问守在门口的保镖:"什么情况?"

"宋小姐要求的,不许开灯。"

唐骞谦冷哼一声,抬手摁下开关,灯光照见躺在沙发上的人。宽敞的袖管里露出两只细瘦的胳膊,像风化的芦管,仿佛一折就断。

唐骞谦抓着她的胳膊将人提起来:"又闹什么脾气?"

头发盖住了宋菀的眼睛,他伸手拂开,捏着她的脸颊转向自己:"宋菀,我警告你,这是最后一次。你要再犯错,我就容不下你了。"

"你把叶嘉树怎么样了?"宋菀声音沙哑。

唐骞谦紧蹙眉头:"你只要知道,你这辈子也别想再见他了。"

宋菀笑得急促:"你杀了他?难怪了,这事儿你做得出来。"

唐蹇谦往餐桌上瞧了一眼,那里还放着宋菀一筷子也没动的晚餐:"去吃东西。"

"你杀了他,是吗?"

"宋菀,我……"

"警告我?无计可施的人才会一而再,再而三地用警告这一招。你能拿我怎么办?你以为把我关在这儿就万事大吉了吗?"宋菀咯咯地笑起来。她长时间滴水未进,嗓子似炸了膛的枪管,声音粗糙而刺耳。

唐蹇谦咬牙切齿:"我唐蹇谦养的鸟,即便死也要死在笼子里,死在我能看见的地方!"

宋菀侧着头,微微抬起眼,忽然说:"你真可怜。"

唐蹇谦冷眼瞧她。

宋菀盯着他的目光几近怜悯:"有个消息恐怕你还不知道吧?离开南城之前,我已经怀孕了。"

唐蹇谦一怔,松了手,立马去掀她的衣服。即便不掀,也能瞧出肚子是平坦的,可他还是将衣服掀开,手掌靠了上去,像是要做最后的确认。

"你……你……"唐蹇谦的手发抖。

"我知道你想要什么,唐叔叔。在最初你伸出援手的时候,在你陪我走出丧父之痛的时候,在你诚心道歉并承诺痛改前非的时候……我们原本有无数次机会走向你想要的那种结果,每一次,每一次都被你毁了。"

宋菀仰头大笑,几乎快笑出眼泪:"我第一次打掉孩子的时候,你说我是在惩罚你。我不是在惩罚你,我早就对你失望了。我骗不了自己。你是爱我的吗?你谁也不爱,你只爱那个信任你、尊敬你又对你百依百顺的幻影。"她脸颊消瘦,眼睛因此显得比平日还大,目光更加亮得出奇,像那种患了热病之人渴望生的目光。

"唐骞谦，你真可怜，真的。"

可是她不渴望生，她什么都不再渴望，因此眼神里的兴奋十分诡异，让唐骞谦心惊肉跳。这是一种审判的目光。他明白过来，宋菀才是那个掌控局势的人。她所有的消极事实上是最积极的抵抗，她让他除了一副皮囊，什么也得不到。

漫长的沉默，唐骞谦恍恍惚惚地站起身，踉跄一步。他忘了拿手杖，拖着腿飞快地朝大门口走去，几乎落荒而逃。

下了楼，司机赶紧把车开上来，他挥手将人屏退，抬头看向头顶的天空。一轮瘦弱的新月，洒下的月光是寒冷的。他不自觉地迈开脚步，却在走出几步之后又蓦地停了下来——他能去哪儿？没有手杖，他能去哪儿？

他茫然矗立，终于还是背过身去，招手唤来司机。

他坐上后座，抬手按住发涨的太阳穴，低声说："桐原路。"

唐骞谦第一次见到宋菀，就是在桐原路。

那时候她十五岁，刚从芭蕾舞蹈班下课回来，练习服外面套着一件棒球外套，被宋靖东领过来时老大不高兴。她敷衍地叫了他一声唐叔叔，就走到阳台的玻璃门那儿，从书包里掏出一本书，靠着门随意翻看。多年跳芭蕾养成的习惯，让她站立都是一字腿的姿势。他遣人给她送去一支冰激凌，她毫不客气地接过去，就那样站着，一口一口咬下去。那时黄昏的光照进来，照亮她蓬松的纱裙的边缘，她嘴角上沾着冰激凌，像被宠坏的公主，除了坏脾气，其他都是美的本身。甚至她的坏脾气，也是一种美。

那一幕让他念念不忘。

此后与宋靖东来往众多，除了生意还有私下聚会。她还会打网球，跳起来击球的时候腰肢柔软，双腿充满了爆发力。他从没见过这样富有生气的女孩子。他坐在观众席上看着她，仿佛自己那条先天不足的腿也因此有了力量。

宋靖东宠爱她,但也对她管教得严。两家过从甚密,她对他这位常常准备礼物又开朗幽默的叔叔十分有好感,有时候会在聚餐的时候,偷偷向他抱怨父母的唠叨。他同她讲自己白手起家的事,她对此十分惊叹。他依然记得那时她的目光,那是真正的赞叹,绝非阿谀奉承。

他们有时候在高尔夫球场散步,他走路慢,她有时候没控制速度走到他前面去了,又蹦跳着走回来,随口抱怨他太慢了。在她的世界里,似乎天然不存在歧视和鄙夷这些负面情绪,即便他跛着腿,即便他成功之前受过无数冷眼和嘲笑,在她眼里也是众生平等,仿佛他与其他的正常人没有任何不同,那么他走得慢也就同样是一件值得抱怨的事。

后来,他对女孩力量与美的欣赏渐渐变成了独占的渴求。他占得先机,一早就知晓宋靖东可能会出事的风声,但只字不提。他将宋靖东的失利变成了一枚筹码,因此获得了梦寐以求的东西。

就在他们第一次相识的桐原路,他不顾她的高声嘶喊,强硬地品尝了胜利的果实。

然而此后宋菀用长达八年的反抗,告诉他其实他并没有胜利。她不听话,他只能惩罚她、禁锢她,但他是爱她的。他丧妻多年,膝下无子,多少女人争破头要抢一个唐夫人的头衔,她明明唾手可得,可是她不听话,她仗着他对她的宠爱为所欲为。

车在桐原路停下,他坐在车里望着那些黑漆漆的窗口,过往悉数闪过脑海,又似走马观花。

芭蕾舞的裙边儿,晚餐后的闲聊,暴雨将落的昏黄午后,女孩儿的叫喊和哭泣……

唐謇谦闭上眼,几乎是强迫自己再度变得心硬如铁。

他没有做错任何事。他能走到今日,靠的便是相信自己绝不会犯错的信念。错的是她,不识人心也不识抬举。他唐謇谦养的鸟,怎能容得他人染指?就是死,也要死在笼子里。

一日比一年还要漫长。那晚之后,又过了两个星期,唐骞谦才再度露面。那晚的争吵似乎没有发生过一样,未曾让他的精神有分毫消沉。

宋菀不得不蛰伏,当务之急,她需要得到外界的消息。于是她在又演了几出抗争,被镇压,再抗争,再被镇压的戏码之后,佯装认命,终于服软儿。

公寓里温度恒定,不能感知季节变换,但她站在阳台上往外望的时候,瞧见远处的树叶开始绽出新绿,大抵是天气回暖,春天将至。

吃过饭,宋菀坐在躺椅上打盹,忽然说:"我想见傅小莹。"

唐骞谦坐在沙发上翻报,闻言摘下眼镜:"在你彻底取得我的信任之前,我不会让你踏出这儿半步。"

"我不出去,你让傅小莹来见我,我想跟她说一说话。你若不来,我成日也找不到一个能说话的人。"

唐骞谦算着宋菀已经乖顺了很久,让她见一见自己的朋友也无妨,况且他凭一己之力就能决定傅小莹在圈里的生死,谅她也不敢翻出什么水花。

"行,明天我让她过来。"

宋菀将薄毯裹住,侧过头去:"我困了,你走的时候脚步轻点,别吵醒我。"

第二天下午,傅小莹如约而至。

宋菀穿着居家的衣服,散着头发,神情淡漠,招呼傅小莹坐下,自己去厨房烧水沏茶。

傅小莹没坐,跟着进了厨房,刚要出声说话的时候,宋菀伸出食指立在嘴唇前嘘了一声,用口型说道:"有监听。"

傅小莹立时噤声。

宋菀倒似若无其事地同她闲聊起来:"好一阵没见了,看电视,你的新片子口碑不错。"

"运气好，碰上好导演赏识罢了。倒是你，怎么这么久联系不上？"

"手机丢了，懒得一个一个通知。"

两人有一搭没一搭地闲聊，水烧开了，宋菀提着水壶和傅小莹走出厨房。她找出干净的茶具，沏上茶，又从抽屉里翻出纸和笔，在傅小莹身旁蹲下。

口中谈话未停，从时尚潮流转到圈内八卦，宋菀捏着笔，在纸上写字："你知道叶嘉树的事吗？"

傅小莹迟疑一瞬，点了点头。

她又写："他还活着吗？"

傅小莹沉吟。

宋菀轻轻咳嗽一声。

傅小莹问："怎么了？感冒了吗？"

"没，嗓子不大舒服。"她却跪坐在地毯上，扒着傅小莹的膝盖，神情恳切，轻声地说，"求你了。"

傅小莹从她手里接过笔，想写什么，提笔犹豫一瞬，却又作罢，从包里掏出一部手机，是她拿来备用的。她调出一段视频，塞进宋菀手里。

宋菀又咳嗽一声："你稍坐，我去趟洗手间。"

她快步走进洗手间，将门关上，打开紧捏在掌中的手机，将其静音，点开视频。

背景晃动，光线昏暗，镜头几经放大，画面仍模糊不堪，但她一眼就认出那是叶嘉树和阿泉。

阿泉骑在叶嘉树的胸口，腿钳着他的脖子，拳头径直朝着脸颊砸下去。叶嘉树一动不动，仿佛死了一般。裁判在读秒，倒数到"三"的时候，叶嘉树忽地抬拳朝阿泉的下颌处挥去，趁他闪避，一个翻身，反将他锁倒在地……场上欢呼如雷，画面晃了又晃，在一阵尖锐的口哨声中屏幕黑了下去。

宋菀不敢点开再看一遍，她捏着手机忽然无所适从，她早有预感，可她不敢相信。

她蹲下身，拿出手机拨叶嘉树的号码，提示关机，无人接听。

她浑身发凉，又拨了一遍。

不知过了多久，她想起傅小莹还在外面，便将方才拨出去的通话记录删除，手机揣进衣服口袋，洗了一把脸，走出去。

傅小莹等得有些坐立不安，宋菀将手机还给她，勉强做出欢快的语调："你的新电影是什么内容？给我讲一讲，我还没看过呢。"

趁傅小莹说话的时候，她提笔在方才写的那行"他还活着吗？"下方画了一道线。

傅小莹接过笔，边说话边飞快地写："出拳场的时候还活着，听说在赶去机场的路上昏倒了，被出租车司机送去医院，昏迷了三天，不治……"

傅小莹的手一顿——她瞧见一大颗眼泪砸在了纸上。

她愣了一下，声音停了一瞬，怕给自己惹麻烦，又机械地继续讲述起了无关的事，手里写道："你还好吗？"

宋菀没说话，似乎想站起来，却又不知如何是好，最后背过身去，揪住了自己的心脏。

她只是捂住了嘴，无声落泪。

傅小莹手足无措，又不敢停下声音，就伸手碰了碰宋菀的肩膀。

许久，她听见宋菀轻咳一声："有烟吗？"

"有。"傅小莹松了一口气，立马从包里掏出烟递给宋菀。

宋菀站起身，接过点燃一支在对面沙发上坐下，抬手擦掉了脸上的泪痕，问道："几点了？"

"五点了。"

"不留你吃饭了，你先回去吧。"她探过身，从傅小莹包里把方才的手机拿过来,在纸上写道:"你的手机被我偷了。"

而后将方才交谈过的纸折了几折,塞进她的包里让她带走处理。

傅小莹意会,提着包起身:"那我不叨扰了,有空约我逛街。"

"好。"

傅小莹最后再看了宋菀一眼。

她想起从前同宋菀来往的时候,总希望有一天也能见到她狼狈,或是见到她这样一个没心没肺的女人,会不会为了什么人彻底崩溃。

今天她见着了,她觉得这模样一点也不好看。

人,终归是麻木一点才能在这世上活得好一些。

她突然一点也不羡慕宋菀了。

"我走了。"

宋菀没有出声。

傅小莹转身走了。

夜晚降临的时候,总是安静的,带着一种肃穆,像是去赶赴白日的葬礼。

傅小莹留下的烟被宋菀抽完了。

她几乎得带着掏心挖肺的觉悟,才敢去想叶嘉树。她与他是同样的人,她完全能猜到他做每一步的心情:怎样以必死的决心挑战唐骞谦的规矩,怎样豁出命去也要将阿泉击倒,怎样雀跃着走出拳场,想带着胜利的消息去见她,又是怎样倒在了一步之遥的路上……

她全明白。她觉得心脏都被剜空了,风穿过她时只有空荡荡的回声。

她觉得自己不值得。

可倘若她与叶嘉树位置互换,她同样会如此去做。

因为这样的爱情,值得她为之死去一万次。

她抽着烟,黑暗中无声地落尽了毕生的眼泪,而后在混沌中睡着了。茶几上搭着最后一支她没抽完的烟,聚了长长的一截烟灰。

梦里是没有眼泪的。
因为她梦见了叶嘉树。
他抱着吉他坐在车顶,白色的衬衫在春天的阳光里微微闪光,像一面招展的旗帜。风很柔软,拂过他的发梢。
远处是无垠的草原,青草都冒出来了,被风一吹,一层一层地涌向天际,洁白的羊群像大朵的棉花四散分布。天上飘着五彩斑斓的风筝,燕子的、海鸥的……高得仿佛能触到云的脚。
是最温柔的风,风里传来遥远的歌声。
叶嘉树转过头微笑,眼睛里有只属于少年的清澈。
"怎么才来?我等你好久了。"

宋菀含笑醒来。
黑暗而寂静的夜,脚踩在地毯上没有半分声响,阳台的窗户打开,灌进来的风还带着寒意,但隐约已有春天的气息。
她听见门口响起开门声,毫不犹豫地爬上了栏杆。
她要这黑透的天地,要狂野的风,还要自由。
于是所有的黑夜一起涌来,又在视野的最深处劈开了一条明亮的路,四面八方的风裹挟着春天潮湿的气息托举着她,她仿佛生出了硕大而洁白的羽翼。
她飞得像一只鸟儿那样自由。

番外一

死同穴

一年春。

唐謇谦去扫墓，远远瞧见墓前被人摆放了还沾着露水的白花，他猜想，兴许宋芥已经来过了。

他让司机在远处等，自己慢慢走过去。他那条腿如今更不大顶用了，阴雨天钻心裂肺地疼，也没请人调理医治，一直拖着。

唐謇谦挨着墓碑坐下，晨露打湿裤腿，他低着头点上一支烟，又瞧着碑上的名字，手指伸出去，还没碰到便又缩回。

他絮絮叨叨讲了一些事，关于宋芥，关于黄知慧，关于傅小莹，独独不讲自己。

他已经年过半百了，半头的白发几乎一夜之间生出。近年唐家的生意蒸蒸日上，烈火烹油，他却总有大限将至之感。如今拳场废止了，声色犬马也都倦怠了，他搬到芙蓉路的宅子，应酬一概推去，工作结束便直接过去。院里他种了栀子花，自己打理，可多年过去了，那花总是不开。

雾气弥散，似要降雨。他起身，手虚虚地搭在墓碑上，沉默良久。

末了，他将目光转向一旁，相邻一座几乎一模一样的墓碑，他皱眉道："迟早叫人铲了。"这话，他每年都说。

雨开始落，他拄着拐杖，慢慢离开墓园。

身后风雨入园，草色冒青。那两座墓碑挨在一起，笔直矗立，在南城无休止的雨声里成为永恒。

番外二

莫比乌斯梦境

在被人遗忘的雪国，宋菀和叶嘉树度过了只有两个人的除夕。

剩的食材不多，不够让叶嘉树做出一顿丰盛的年夜饭。他在厨房的柜子里翻到一个电磁炉，接上插座一试，功能一切正常，便决定晚餐就吃火锅。

鱼片、豆腐和蔬菜一股脑儿地丢进铁锅里，热气腾腾，咕嘟作响。

室内温暖，宋菀仅穿一件白色套头毛衣，手捧着白瓷碗，慢吞吞地喝汤。

他们聊儿时的除夕，从斑驳回忆里抖落些许暖色。牛轧糖、新衣裳和压岁钱，原来他俩也有共同的记忆。

温暖叫宋菀昏昏欲睡，而叶嘉树适时发现，将她的脑袋往自己肩膀上一按，说："你睡会儿吧。"

宋菀在木柴燃烧的声音和香气里合上眼。

她没睡太久，只过去了半小时，睁眼时双眼迷离，喃喃地说："我做了一个梦。"

"什么梦？"

梦境是这样的——

宋家的清晨，在一阵忙乱中开始。

宋菀起床晚了二十分钟，下楼时黄知慧不免念叨两句，却又急忙替女儿整理校服衬衫的衣襟，说她这么大的人了，穿个衣服还毛毛躁躁的。

弟弟宋芥在一旁玩掌上游戏机,幸灾乐祸地笑,还没笑完,黄知慧便转移了火力,批评起他一天到晚只知道玩游戏,学习那么差,气走三个英语老师,还想不想去国外留学了?

宋芥向宋靖东求助,然而今天的父亲和母亲是一伙儿的,训斥起来更加不留情面。

宋菀咬着面包片,冲臊眉耷眼的宋芥做个鬼脸。

司机将车开到了洋楼门口,宋菀和宋芥齐齐地奔到玄关处换鞋。姐弟俩矛盾不断,这么一会儿工夫也不忘拌嘴。

宋菀先一步穿好了鞋,将出门时黄知慧叮嘱她,晚上舞蹈课结束了就早点回来,不许在外面逗留。

"知道啦!"

姐弟两人上了车,宋靖东则坐在副驾驶座位上。通常司机都会先将宋菀和宋芥送到学校,再送宋靖东去公司。不管多忙,宋靖东都要陪儿女这一程。

初夏的清晨空气清新,窗户打开着,宋菀歪靠着座椅靠背,微风将发丝拂到脸颊上,她懒得去拂。

"你们闻到了吗?"她说。

"闻到什么?"宋芥说。

"花香味。"

宋芥抽动鼻子:"没有啊。"

宋菀哼了一声:"你的鼻子是摆设吧。"

她转头往外看,缓慢行驶的汽车正经过一个老妪,面前的竹篮垫着蓝布,里面装了很多束栀子花,花瓣上沾着水滴,像是晨露。

宋菀这样的女生,在哪里都是人群焦点。她经过学校的篮球场,正在特训的校队投篮时都比平常更加卖力;进教室,课桌上一准已有好几瓶不知是谁偷偷放的饮料或零食，再掏一掏桌屉，有一沓信封。

宋菀通常把信都扔了，饮料和零食都分给前后左右的同学。

好友庄可心说她"吃人嘴短"。

她不介意，说总比浪费好。而且，那些男生都怂，这么久了，也没见有谁来当面找她"算账"呀。

庄可心的成绩稳定在班级前三，而宋菀是艺体生，成绩一般，性格孤傲，又有一些不够循规蹈矩。

庄可心没少被家长和老师提醒，不要和宋菀走得太近——人家是千金大小姐，出生就在"罗马"，一辈子不工作也能享受荣华富贵；你的出路只有高考这一条，你要对自己的前途负责，不要被她带坏。

庄可心从来不以为然，她压根没老师和家长以为的那么乖。而这一点宋菀是知道的，她一针见血："你叫可心，可惜是'装'的。"

认识宋菀之前，庄可心的世界只有书本；和宋菀成为朋友以后，她才得以窥见五彩斑斓的世界。

而宋菀，庄可心也知道她并不是外人眼中的样子。宋菀给她看过她的脚，常年穿足尖鞋的脚趾早已扭曲变形。能吃得这种苦的女孩，怎么会是旁人口中骄奢淫逸的千金大小姐？

早自习后，宋菀到庄可心旁边的座位上坐下，拿出手机，点开一张海报给她看："南城大学举办校园音乐会，去吗？"

"去。"

宋菀笑着说："要期末考试了，我好怕你爸妈又说我带坏你。"

"我早就复习好了，继续考第一，他们就没话说了。"

宋菀托腮打量她："那我得好好想想，把你打扮成什么样子。"

周六，庄可心先去宋菀家里。黄知慧不怎么干涉宋菀交友，毕竟比起宋芥，宋菀实在称得上省心。况且庄可心成绩那样好，黄知慧巴不得女儿多跟她一起玩。

两人在宋菀房间里换好衣服，一起出门。黄知慧笑问她们要不要司机送，被宋菀婉拒了。

两人手挽着手一道穿过狭窄街道。沿街一排梧桐树，阳光下，树叶呈现出一种近于透明的绿色。

南城大学的操场上，舞台上搭起了巨幅展板，衣饰鲜艳的学生将整个场地渲染出一种叫人心情轻飘飘的热闹。

宋菀拉着庄可心奋力地往前排挤去，有男生冲她们吹口哨，宋菀转过头冲他们翻了一个大大的白眼。

演出开始，一切声音均被音浪盖过。那狂浪的节奏似乎有一种魔力，促使人不由得跟着挥臂欢呼。

两人很快热出一层汗，脸上的文身贴也花了，嗓子发哑又渴，便决定先去旁边的摊子上买点喝的。

正当宋菀转身的时候，音响里的一阵鼓点促使她回头。

新上来一支乐队，那主唱个头高高的，穿件黑色T恤，一条手臂搭在麦架上，脸上毫无表情，只抬头碰了碰耳朵里的耳返，抬眼，目光随意地扫过舞台下方。

宋菀听见身旁的女生们爆发出一阵过激的尖叫声。

主唱垂下眼，开口。

不似一般摇滚歌手那样过分沧桑，他的嗓音低沉，却显得清越。这歌的节奏也不激烈，毋宁说是一种娓娓道来的颓废和隐隐的愤怒：

> 你的青春荒城走马
> 你说你要天
> 你要地
> 要青草肥沃

你还要狂野的风和自由

庄可心晃晃宋菀的手:"阿菀?"

宋菀整个呆住了。

周遭的一切嘈杂都消失了,整个世界只剩下他的声音。他开口的一瞬间,她似乎觉得有千万星辰向她倾来,一颗一颗都砸在她心上。

短短几分钟很快过去,舞台上的人即将退场,宋菀喃喃地说:"我想要他的联系方式。"

庄可心没听清楚:"你说什么?"

宋菀重复:"我说,我想去找他要联系方式。"

庄可心几乎没有犹豫:"走。"

"……什么?"

"走!"庄可心一把抓住她的手,穿过摩肩接踵的人群,往后台方向挤去。

一路困难重重,宋菀心中生出无限畅意,像在披荆斩棘。

好不容易远离了人群,两人一路飞奔到后台入口处,却被工作人员拦住。后台一律不许进入,想要签名,可以等演出结束以后排队。

走廊尽头,出现那位主唱和队员的身影。

宋菀急了,然而苦苦哀求,工作人员就是不放行。

她喊了声"喂",甚至不知道那主唱叫什么名字。她飞快点开了手机里存的海报,凭借方才的演出顺序和歌词的内容判断,这支乐队叫"南城走马",点开微博搜索"南城走马主唱",还真让她搜到了。

宋菀跳起来,挥手朝走廊里喊道:"叶嘉树!"

那群人的脚步顿了一下,紧跟着有个男生搂了搂叶嘉树的肩膀,似乎对他开了句什么玩笑。叶嘉树没有回应,只朝着宋菀所在的方向扫了一眼，面无表情地推开了休息室的门。

预料到会是这结果，宋菀倒不觉得沮丧。

全场演出结束，后台大楼的门口一下被围得水泄不通。

宋菀一贯不屑排长队去争抢什么东西，这回却也不得不挤在人群里。

没一会儿，队伍里有女生讨论，说"南城走马"已经走了。

宋菀她俩不得已打了一辆出租车回去。路上，庄可心笑着说："好稀奇，难得有你感兴趣的男生。"

宋菀说："我有一种奇异的感觉。"

"什么感觉？"

"好像我早就应该认识他了。"

庄可心不以为然："你魔怔了，宋小姐。我听说，他们玩摇滚的都很放荡不羁，听听歌可以，还是不要有私交比较好。"

"那你刚才为什么牵着我跑？"

庄可心耸耸肩："不知道，可能因为一直是你在推着我走，所以有时候我也想推你一把吧。"

宋菀笑了笑："你说我给他微博发私信，他会回吗？"

"他有微博？"

宋菀举起给她看。那微博名并不是叶嘉树的大名，而是一串很没规律的英文，宋菀也是搜索了半天，无意间在一条推荐这支乐队的微博评论区，看到有人"指路"才找到的。

庄可心说："试试！反正也没什么损失。"

后面一周多，宋菀时不时给叶嘉树的微博账号发私信，有时候是晚霞，有时候是学校操场，有时候是好看的牛乳包装盒，有时候是书上看到的优美词句。

叶嘉树从来没回复过。

到后来，她有点儿像把那账号当作记录生活的树洞了。

"南城走马"的唱片没发行多少张，宋菀花了些工夫才找到一张九成新的二手货,全部听过以后,她给叶嘉树发了非常长的一段乐评。

睡前随意留了言,她没想到早上起来随意一刷微博,叶嘉树居然回复了:"谢谢支持。"

宋菀激动地回复:"什么时候会发新歌?"

再也没有得到回应。

那是个周六的清晨,宋菀跟庄可心约定好了一块儿去图书馆,吃过早饭以后,她早早出了门。

那卖花的老婆婆,宋菀见过很多次了,这一次终于忍不住在那竹篮前蹲下身,说要买一束栀子花。

老婆婆笑得合不拢嘴,拿了几枝最饱满的,用棉绳缠紧,递给宋菀,顺便夸她一句:"小囡长得真漂亮,比这栀子花还要漂亮。"

宋菀笑起来,掏出钱包,拿零钱给老婆婆。

抬头时,她却一顿——

一辆面包车停在路边,副驾驶的门打开了,自那上面下来的人,竟是叶嘉树。

他绕至后方,打开了后备厢车门,那里面堆着些音乐器材,看起来他似乎是准备搬家。

宋菀走过去。

叶嘉树的目光瞥见她,动作一停。

无法形容的目光,无甚意味,但停顿的时间却比宋菀、叶嘉树预料的要长许多。

他们看着彼此,都没有说话。

宋菀心里似乎落起了一场大雪,很难形容的感觉,也说不出为什么。她那种他们似乎早就应该认识的感觉,却越发清晰。

叶嘉树停顿的这一霎,也是因为有同样的感觉吗?

叶嘉树收回目光,从车里拿出一把吉他:"你找我有事?"
"嗯。"
"我们认识吗?"
"不认识。"

叶嘉树再看她一眼,仿佛问"那找我什么事?"

宋菀将手里的栀子花递过去:"买花吗?"

"不买。"

"那我送你。"宋菀笑着,忽地伸手,一把拉过他的手臂,将那把栀子花不由分说地塞进了他的手里。

不待叶嘉树递还,宋菀已退后几步,一边倒退着往巷口走,一边挥手笑着说:"叶嘉树,我叫宋菀,草字头加上一个宛如的宛!"

她和庄可心说了碰见叶嘉树的事,庄可心理性劝阻,还是了解清楚再进一步接触比较好。

宋菀只说:"我就想认识他,没别的想法。"

叶嘉树住的地方很好找,在那面包车停靠的地方待上半天,哪里传来弹吉他的声音,就是哪里。

但宋菀从没贸然上去打扰过。

暑假到了,栀子花的花期也过了。老婆婆改卖茉莉花,一样香气扑鼻,远近的尘雾气息也掩盖不住。

宋菀上完舞蹈课回家,总会在老婆婆那儿逗留一会儿,蹲在竹篮旁陪她聊天,后来老婆婆还专门给她带了一个马扎。

宋菀在旁边摊子上买了支雪糕,刚撕开包装袋,就瞥见楼道里走出来两个人——叶嘉树,还有上回搂他肩膀的那个男生。

宋菀当即从冰柜里拿出两瓶冰水,再自然不过地冲叶嘉树打了声招呼:"嗨。"

说着,她将冰水依次扔过去,两人条件反射地伸手接过。

男生冲宋菀笑:"嘉树的朋友?"

宋菀笑着说:"好像还不算。"

男生没听懂,挠挠头。

宋菀付了买水的钱,挥挥手说:"有事先走啦,下次见。"

如是这样,打招呼好多次。一个傍晚,叶嘉树终于主动问宋菀:"你找我究竟什么事?"

宋菀笑着说:"没什么事,就是觉得,我应该认识你。"

这措辞很奇怪,"应该认识"。

叶嘉树没有说话,而宋菀问他:"你觉得呢?"

叶嘉树沉默好一会儿,问她:"想上去参观吗?"

楼下铁门的锁头已经坏了,一拉就开。一松手,那门就自动回弹,哐的一下关上。

楼道很窄,宋菀跟在叶嘉树身后,拾级而上。

到门口处,叶嘉树停步,从口袋里摸出钥匙,他另一只手还提着便利店的塑料袋,发出窸窣的声响。

屋内陈设陈旧,但收拾得很干净;客厅里堆着器材,有吉他、键盘和架子鼓;白灰的墙壁上贴着海报,宋菀凑近看,是齐柏林飞艇。

和舞台上桀骜的形象不同,生活中的叶嘉树显得很沉默。

他似乎不懂如何招待外人,只从塑料袋里拿出一罐啤酒递给宋菀。

宋菀笑着接过,没有打开,就放到一旁。

她走过去,手指信手在键盘上按了一下,声音回荡中,她笑着说:"我是那个一直给你发私信的人。"

叶嘉树沉默了一下才说:"一直给我发私信的人很多。"

"你是在炫耀吗?"

"不是……"

宋菀笑着说:"我写了很长的乐评,你跟我说谢谢。"

叶嘉树说:"哦,是你。你后来没有发了。"

"因为认识现实中的你了。"

叶嘉树有时无法跟上宋菀的思路,他没再说什么,安静片刻,便将吉他拿过来,在陈旧的皮沙发上坐下,垂眸拨弦。

宋菀坐在餐桌旁的凳子上,微微偏着头,静静地听。

叶嘉树好像是在斟酌新歌的曲子,有时候一段旋律反反复复,他把它们组合起来,问宋菀的感想,哪一段最好听。宋菀总能给出中肯的意见。

时间过得很快,直到家里打电话来催。

宋菀说:"我要回去了。"

"嗯。"

旋律在她开门的瞬间才停,叶嘉树抱着吉他,抬头向门口处她的身影看了一眼。

后来,宋菀就常常过来,也认识了陈斯扬——前面两回碰见的那个和叶嘉树交好的男生。

他们在音乐上有同样的志趣,有时候一下午就待在屋里打磨新歌。

宋菀和他们熟起来,会带饮料和零食,有时候也帮他们买烟,或者点一份比萨。

叶嘉树总要在事后回请,有时候是一张唱片,有时候是找朋友弄到的芭蕾舞演出票。

秋天来临。

叶嘉树和陈斯扬的新歌好评如潮,受邀去外地演出,整整一个月才回到南城。

车开到巷口,叶嘉树背着吉他,提着行李箱走在黄昏的雨中。

走到楼下,他停住脚步。

宋菀站在门口,顶上是楼上的防盗网,将将可以遮雨。雨天里小摊贩休摊，巷子里安静得只有雨声，她也是安静的，像是已经在这里等待了好久。

她穿着薄毛衣和牛仔裤，毛衣是白色的，让他想到初夏盛开的栀子花。

她看过来，微笑着说："嗨，叶嘉树。"

"你怎么在这儿？"

"预感到你也该回来了，过来碰碰运气。"

演出的事，叶嘉树没和宋菀说。他有些愧疚，走过去一把拉开门："上去坐吧。"

窗户关闭已久，室内有一股淡淡的霉味。叶嘉树放下行李箱和吉他，请宋菀稍坐，他想去冲个澡。

叶嘉树换了身干净衣服出来，套头的连帽卫衣还是黑色。黑色很衬他。

他在沙发上坐下，看了看一旁的宋菀："你淋到雨了吗？"

"没有。"

"……最近怎么样？"

宋菀笑着说："没必要没话找话。"

她的身体歪下去："可以在你这儿睡会儿吗？"

"你爸妈不找你？"

"没事，我跟他们说我和同学去图书馆了。"

叶嘉树笑了一下："说谎不好。"

宋菀耸耸肩。

她合上眼时，叶嘉树问她："听音乐吗？"

"嗯。"

叶嘉树挑了几支舒缓的曲子，那安静的节奏从音响里流淌出来，让这落雨的傍晚更加安静。

宋菀睡着了，叶嘉树坐在一旁，什么也没做，只安静地看着她。

她像是突然出现在他的生活里,却一点也不突兀,就像她说的,他们"应该认识"。

宋菀醒来的时候,外头天已经黑了,清水街的雨还在下。
她一时不辨晨昏,双眼迷蒙地问:"几点了?"
"只过去半小时。"
宋菀睁开眼睛,清醒片刻后,看他说道:"我做了一个梦。"
"什么梦?"
"很奇怪的梦。梦见我们在一个冰天雪地的地方,什么人都没有,只有我们两个人。我们在院子里堆雪人,躺在雪地上,漫天的星星都落下来,就像是……"
"就像是?"
"我第一次听见你的歌时的感觉。"
叶嘉树没有说话。
宋菀看着他:"叶嘉树,你想过以后会怎么样吗?"
"暂时没有想过。"
"我想过。"
"你说。"
"我会去读舞蹈学院,你会接到越来越多的演出邀约,会搬出清水街,住到更好的地方。"
"然后呢?"
"然后……"宋菀笑了一下,"不知道。"她低下头。
叶嘉树则看着她,说:"然后,我还想每天都可以看见你。"
宋菀愣了一下。
"可以吗?"他问。
"可以。"
叶嘉树不再说话,朝她伸出手去。
她踌躇了一下,与他相握。他的指腹有微微的汗意,或许是因为紧张，那紧张也无端地传给她，让她心跳加速。

他说："那就说好了。"

宋菀笑着点头："嗯。"

此刻，北方的雪国。

听完宋菀讲述的梦境，叶嘉树沉默良久："庄可心是……"

"我高中的好朋友，后来……后来就没再联系了。只知道她考到了B大，去年结婚了。她给班级的同学都发过请柬，我收到了，但我没去。"

叶嘉树没问她为什么不去，答案显而易见。

沉默片刻，宋菀又说："叶嘉树……"

有一个问题，自知无意义，他们从来没问出口：假如没有唐塞谦，没有人生中的那些变故，假如他们在早于故事发生之前就已认识，一切会变成什么样？

该是梦境中这样吧，一个平淡如水的故事，甚至连跌宕的起承转合都没有。

叶嘉树知道宋菀要说什么，先一步截断她："假设没有意义。我们遇见的时间，就是最好的时间。"

叶嘉树伸手握住了她的手，和梦里一般无二的体温，让她几乎怔然地落泪。醒来的现实中，她却不敢问，叶嘉树，你想过以后会怎样吗？

你真的相信吗？

那冰雪融化的春日，一望无际的草原，天上的风筝，她的芭蕾舞教室，他的吉他教室。

你真的相信吗？

"阿菀。"

"嗯。"

"很长一段时间，我是个不去想未来的人。我这样的人没有未来，只有过去还不完的债。因为你，我想去想一想未来，不管那是什么，成与不成，至少我不后悔。跟我跑出来，你后悔吗？"

宋菀飞快摇头："你知道吗，我一度觉得我已经是个死人了，像死在笼子里的一只鸟。我是跳过《天鹅湖》的，至少现在我想起来天鹅飞翔的时候是怎样一种感觉。"

怎样一种感觉？疾速的风擦过脸颊，像是薄刃，微微痛楚，可那痛楚也是喜悦，因为自由。

他们不再说话，只有手指交握，连吻也多余。

炉火还在烧，除夕将要过去，新岁也将来临。

不管那是怎样的未来，她和他，要去面对了。

似是天涯浪客,萍水相逢

各有故事,

各自沉默

图书在版编目（CIP）数据

南城有雨 / 明开夜合著 . -- 北京 : 中国友谊出版公司 , 2024.3
　ISBN 978-7-5057-5807-0

　Ⅰ . ①南… Ⅱ . ①明… Ⅲ . ①言情小说－中国－当代 Ⅳ . ① I247.5

中国国家版本馆 CIP 数据核字 (2024) 第 008397 号

书名	南城有雨
作者	明开夜合
出版	中国友谊出版公司
发行	中国友谊出版公司
经销	新华书店
印刷	三河市中晟雅豪印务有限公司
规格	787 毫米 ×1092 毫米　32 开 4.875 印张　122 千字
版次	2024 年 3 月第 1 版
印次	2024 年 3 月第 1 次印刷
书号	ISBN 978-7-5057-5807-0
定价	38.00 元
地址	北京市朝阳区西坝河南里 17 号楼
邮编	100028
电话	（010）64678009

如发现图书质量问题，可联系调换。质量投诉电话：010-82069336

NANCHENG

YOUYU

XUEZHIXIA

雪之下